刘恒 ———————————— 著

图书在版编目（CIP）数据

窝头会馆 / 刘恒著 . -- 北京：作家出版社，2024.
9. -- ISBN 978-7-5212-2962-2

Ⅰ．I234

中国国家版本馆CIP数据核字2024JF1049号

窝头会馆

作　　者：刘　恒
策　　划：刘　刚
责任编辑：杨兵兵
特约编辑：胡一平
装帧设计：奇文霱海 CHIVAL design
出版发行：作家出版社有限公司
社　　址：北京农展馆南里10号　　邮　　编：100125
电话传真：86-10-65067186（发行中心及邮购部）
　　　　　86-10-65004079（总编室）
E-mail:zuojia@zuojia.net.cn
http://www.zuojiachubanshe.com
印　　刷：河北京平诚乾印刷有限公司
成品尺寸：152×230
字　　数：99千
印　　张：12.75　　　　插　　页：32
版　　次：2024年9月第1版
印　　次：2024年9月第1次印刷
ISBN　978-7-5212-2962-2
定　　价：68.00元

作家版图书，版权所有，侵权必究。
作家版图书，印装错误可随时退换。

瞧一瞧那人间会馆

品三品这天下窝头

序 一

张国立

　　刘恒是一位土生土长的北京人,老北京的风韵底色深深地刻在他心里,流淌在他的笔下。读这个剧本的时候,就深深觉得他充满了智慧。这种智慧,不仅体现在每一个人物的语言当中,更是在他们各自不同的命运和经历里。他们所说的每一句话,都交织成了那个时代一个底层人的心理状态和欲望。这欲望汇成了一股力量,在一个旧世界崩溃新世界来临时迸发。这是一部非常厚重、非常有分量的作品。

　　何其幸运,一个时代,能有这样一位优秀的编剧,把他的所思所想所表达凝练成一部戏剧作品,记录、流传。我们非常珍惜这样的文本,希望我们的创作没有辜负刘恒兄写下的每一个字。

　　更加幸运的是,现在和我一样痴迷于舞台的创作者非常多,并且他们都还年轻。每次走进剧场,我都能感受到每一个人对戏剧深深的热爱。我们一起带着"求真"的初心,传递着"真实"的力量,希望能留下一些值得被时代保留的东西,就像《窝头会馆》一样。

序 二

郭德纲

我自幼学艺，说书、唱戏、说相声。但我没想到，人到中年竟然演了话剧。话剧在艺术种类里面算是上品的。清末民初的文明戏和话剧很相似，简单形容就是话剧加唱。如果把唱腔去掉，那么文明戏的演员、剧情、表演、服装、布景、道具就是话剧。我幼年遇见过几位文明戏的老艺人，通过他们的讲述，我能感受到舞台上的那种魅力。激昂慷慨的大段台词、情绪波动的真哭真笑，根据社会真实事件演绎的大批时装剧目，都很让我感慨。

艺术圈里对话剧是很尊重的，不是所有的演员都能演话剧。它要求有台词的功底，对人物刻画的理解。而且不同于影视拍摄，话剧要求的是一气呵成，完整表演一个故事。

导演张国立先生和我说这个事情的时候，我提了一个要求，必须得是国立老师来执导，否则此事难成。因为国立老师与曲艺界有渊源，我们私交很深。这些相声演员来演话剧，需要专业素养高的导演来把握，更需要和我们能交心。导演应允后，此事也就顺理成章了。

　　之前我知道有话剧《窝头会馆》，但遗憾的是没看过现场。窝头是好东西，传统相声《窝头论》里曾经说过：美哉，窝窝兮。为物最妙，天地之所产，兼人力之所造。玉米为之主体，黄豆为之掺搅。观其形为将军之帽。察其色似帝王之袍。一日三餐胜似美酒羊羔。遇稀粥而亲密，配葱酱而逍遥，兑卤虾而合好，配腐乳而绝妙。孔子得之何愁陈蔡，颜子得之何必瓢饮。淮阴侯少年无缺何乞漂母，梁武帝台城巡狩焉能饿倒，富翁言粗糙难咽，吾爱如骨肉至交。

　　说得好听，但没什么人觉得窝头是珍馐美味。很多人一听窝头，就觉得它代表着苦难和贫穷。"窝头"两字确立了故事的基调，不是皇宫，不是科学家，不是大理论。是实实在在地过日子，而且是老百姓的日子。"会馆"两字，意义深远了。金碧辉煌的也是会馆，四壁坍塌的也是会馆。窝头会馆？那您得好好琢磨了。

　　编剧刘恒先生是个高人，您的艺术成就不需要我赞美。《窝头会馆》从剧本围读到搬上舞台的这几年里，其实我一直在咀嚼这个窝头后面的东西。在感慨刘恒先生的文字功底的同时，我悟出了一句话：可怜之人必有可恨之处，可恨之人必有可悲之苦。三幕戏，不大也不小。苑大头背着货架上场，到中枪死在儿子怀里。我躺在台上，看着幕布徐徐闭上，心里想的就是一句话：认真活，随便死。

序 三

于 谦

　　早些年我就觉得《窝头会馆》真是一个好剧本。到了2022年，我有幸参与排演了德云社和龙马社联合制作的大型话剧《窝头会馆》。通过长时间的研读剧本，深挖人物，我体会到了作者的良苦用心和文本的高妙之处。

　　在此之前，北京人民艺术剧院为庆祝建国六十周年，倾力打造了这部剧作，五星荟萃，铸成经典，现今已是众人仰望的存在。这就是艺术的魔力，是艺术家的魅力，是所有创作者的能力，更是一剧之本所提供的动力。

　　文本用精妙的台词展现了一段浓缩的历史，用诙谐的调侃描写了百姓的艰辛，用朴实的对白表达了底层人生存的智慧，用一件件小事勾勒出一个灰暗的时代背景，堆砌起一个个鲜活的人物。作者用超强的文字功力给予了表演者强大的支撑。让演员深陷其中，让观众欲罢不能。造就了剧场里的理想状态：演员是疯子，观众是傻子。一部经典也就此诞生！

然而，经典不应该止于膜拜，更应该用于学习。表演如是，剧本亦如是。话剧是导演对剧本的解析，表演是演员对人物的二度创作，而剧本才是一台大戏的基础。正所谓每个人心中都有一个属于自己的哈姆雷特。因此，应该让每一个喜爱文学的朋友都能够欣赏到这样的文字，让每一个喜爱艺术的朋友都能从剧本阶段享受到自己内心的创作过程，尤其是这样的好剧本！

以上是我自己的一些感悟，写下来用以支持刘恒先生将话剧《窝头会馆》文本整理出书一事。顺致敬意！

人物表

苑国钟　50岁，房主。绰号苑大头，贫嘴却厚道。
古月宗　73岁，前房主。清末"举人"，迂腐而风趣。
肖启山　56岁，保长。人称肖老板，圆滑且凶悍。
周玉浦　45岁，中医。营推拿正骨，怕老婆而又怕事。
王立本　55岁，厨子。营炒肝窝头，大智若愚而缺话。
田翠兰　42岁，厨子妻。曾为暗门子，刀子嘴豆腐心。
金穆蓉　40岁，中医妻。旗人，对己对人有无限不满。
牛大粪　40岁，掏粪夫。兼具底层人的义气与油滑。
关福斗　25岁，木匠。厨子的养老女婿，憨厚而正派。
苑江淼　22岁，苑家儿子。左翼大学生，坚定而忧郁。
周子萍　22岁，周家女儿。左翼大学生，单纯而浪漫。
肖鹏达　22岁，肖家儿子。释放的犯人，偏执而堕落。
王秀芸　23岁，王家女儿。木匠妻子，守本分的孕妇。

目录

001　第一幕
一九四八年夏　处暑　白昼

053　第二幕
一九四八年秋　霜降　黄昏

101　第三幕
一九四八年冬　大雪　黑夜

163　对话刘恒

第一幕

一九四八年夏　处暑　白昼

[南城死胡同里的一座小院儿,坐北朝南,品相破败,却残存着一丝生机。东北角一棵石榴,西南角一棵海棠,两棵树让一条晾衣绳勒着,像在院子当间横起了一根绊马索。

[正房是一座摇摇欲坠的砖楼,两层摞在一起也没高过东侧邻院的大北屋。楼底一层三间,东边两间住着苑国钟。他是房主,喜欢酿私酒腌萝卜,还喜欢侍弄茉莉花儿。窗台上下廊子内外摆满了花盆和坛坛罐罐,台阶下边儿则是一口胖得离谱儿的大水缸。缸口搭了青石板,比八仙桌还高一块,几个倒扣的菜坛子围着它,做了现成的小板凳儿。楼底西边隔出一间,租给了木匠关福斗,小两口儿快抱孩子了。楼上的格局比较古怪,总共两间房,居然在正中打了隔断。西边那间大一些,带着半个平台和下楼的暗梯子,住户是清末的举人古月宗。平台上高低错落,摆满了他的蛐蛐罐儿,虫子们时不时就嚷嚷起来,是欢唱也是哀鸣。隔断东边那间看上去很憋屈,廊道上安了栅栏门,门外连着带扶手的楼

梯。木头台阶在中途拐了个弯儿,斜着伸到院子里,几乎把房主的窗户给挡严实了。房主乐意,因为住在脑瓜顶上的不是外人,是他的宝贝儿子苑江淼。他是铁道学院的大学生,让痨病害得休了学,闷在屋里读书静养,除了偶尔吹吹口琴,咳嗽咳嗽,听不出他有别的动静。

[正房的左右耳房都在暗处,一边是茅厕,挡着一人多高的竹篱笆;一边是月亮门儿,通向后夹道。

[东厢房是三小间,干净得要命。租户是中医周玉浦,他不大开方子,擅长正骨推拿和针灸,主业却是做膏药和倒卖药材。媳妇金穆蓉是旗人,又信了天主教,规矩多得不得了。女儿周子萍念师范,平时不着家,但是有一间屋子笃定是她的,从绣了紫百合的窗帘儿能看出来。

[西厢房也是三小间,紧南边儿这间却敞着,透过苇子帘儿能看见煤堆、案板、灶台和各种家伙什儿。租户是王立本,他从小就在这个院子里给人做饭,混到一把年纪了还是做饭。媳妇田翠兰以前是

卖大炕的寡妇,从良之后改卖炒肝和窝头了。她把闺女王秀芸嫁给了关福斗,让这小木匠倒插门儿,踏踏实实地给老王家当起了养老女婿。

[院子靠胡同这边没有墙,也没有大门和门框,舞台顶部垂下一坨挂着彩匾的门楼子,"窝头会馆"四个字斑驳可辨。字体、落款、印章非乾隆莫属,却怎么看怎么像蒙事,是专门吊在那儿唬人的。

[院子的地面在舞台上高起来,不多不少地往后退,留给小胡同和大门台阶一些位置。舞台一侧,死胡同的尽头,挡着一棵粗大的黑枣树,结满了果实。与这棵茂盛的雌树相呼应,舞台深处的后夹道里站着一棵死去的雄树,枯朽的枝干伸到砖楼的屋脊上,奇形怪状像生了锈的铁器。

[大幕在此强彼弱的口琴声和拉锯声中展开,枯树枝子不时坠落,发出嘎巴嘎巴的断裂声。那是一首外国的口琴曲,旋律和节奏十分优美,与我们看到的情景却极不相称。灶台上的笼屉热气蒸腾,王立本扎着脏围裙匆匆忙忙地捏窝头码窝头。田翠兰蹲

在大盆旁边儿，兴致勃勃地拾掇一些白色的条状物，过了好一会儿我们才弄明白她洗的是猪肠子。周玉浦窝在躺椅上翻报纸，却没耽误干活儿，两只脚来来回回地蹬着铁辊子，在一个研器里碾药面儿。二楼的平台上，古月宗旁若无人地捣腾蛐蛐罐儿，颤巍巍的身子时隐时现。不知道是什么人在伐那些枯树杈子，眼看着树冠就秃下去了。田翠兰直起腰来看着楼上那间围着栅栏、挂着窗帘的黑屋子。

田翠兰　嘿！小淼子！紧着咳嗽就别吹了，本来就是痨病棵子，你就不怕吹吐了血吗？大妈我听着可上不来气了啊，我都快吐血了！

［口琴声戛然而止，传来蛐蛐儿小心翼翼的鸣叫。

田翠兰　我说大兄弟，你哧哧哧笑什么呢？吃膏药啦？

周玉浦　我吃黑枣儿了！您瞧这字儿印得，一粒儿一粒儿像不像黑枣儿？我瞅着它们就想乐。

田翠兰　那甜枣儿都告诉你什么了？

周玉浦 国军,咱们英勇的国军在东北又打赢了!

田翠兰 新鲜!他们什么时候输过?明是脑浆子都给打出来了,顺着腮帮子直滴答,自要一上报纸,嘿!敢情是搂着脸巴子庆祝胜利,人家扎堆儿舔脑豆腐儿呢!

[周玉浦笑得嘎嘎的。金穆蓉拎着满满一笸箩膏药走出东厢房,在躺椅上轻轻踢了一脚。

金穆蓉 玉浦,过来搭把手。

周玉浦 唉!

[周玉浦士兵似的跳了起来,帮着老婆把膏药夹在晾衣绳上。田翠兰拎起一嘟噜肥肠儿,从绳子的另一头开始晾,把两块膏药晃地上了。

田翠兰 哟!对不住了您!

金穆蓉 翠兰姐姐,我真就看不明白,您这着的是哪门子急啊?

田翠兰 我没着急您也甭着急,穆蓉妹子,这就给您捡起来了。

金穆蓉 您那肠子掉地上倒不碍的,我们这膏药怎么办呐?

田翠兰 瞧您说的,猪肠子掉地上不碍的,我那肠子我得让

　　　　　它掉自个儿肚子里不是？

金穆蓉　您甭客气。您就告诉我，这膏药沾上土坷垃怎么使啊？给谁使啊？

田翠兰　那不是贴腰的吗？谁腰疼给谁使啊！

金穆蓉　我们拿出来使，再硌着人家，人家不给钱也就罢了，真要算计我们，讹我们一道，我们找谁讲理去？

田翠兰　找我呀！您让讹您那孙子找我，您让他讹我来。谁怕谁呀？（话中有话）想变着法儿讹我，他姥姥！

金穆蓉　没您这么捡便宜话儿的，谁讹谁了？

田翠兰　爱谁谁！谁敢讹我我抽谁！您让他讹我试试？您把那膏药递给我，我他妈糊他腚眼子！我糊死臭丫挺的！

周玉浦　穆蓉，咱少说两句，听我的！姐，您也少说两句！

金穆蓉　闭嘴！往后不许你叫这人姐！

田翠兰　别介！叫我妈，我还不乐意呢！

周玉浦　不说了，咱都不说了，都别说哩……

　　　　　[拉锯声悄然停顿。王立本一边捏窝头，一边假装找东西，在老婆跟前乱晃悠。谁都没搭理他，就像

世上根本没这个人。苑国钟慢吞吞地走来，用木头背架驮着几盆茉莉花，俩胳膊各挎了一个竹篮子，里面有中药包和熏蚊子的艾蒿辫儿，还有灌满私酒的旧玻璃瓶子和盛咸菜的柳条壳儿。他在台阶上退了半步，耸着鼻子端详那棵黑枣树。

苑国钟　（嘟囔）哪个歪嘴子夜壶干的？又在树后头撒了一泡，哪天逮着兔崽子，我要不骟了他我就不姓苑！（跨进院子，笑眯眯地看着大家）你们叽叽喳喳嚷嚷什么呢？知道胡同口的街坊怎么跟我嚼舌头来着？（模拟）不得了啦！你们院儿那俩母鸡又踩蛋儿啦！（周玉浦哧哧笑，被媳妇点了一脚）瞧见没有？这唾沫星子多寒碜呐，可谁让你们自己个儿不嫌寒碜呢？翠兰妹子，您给扶一把，（蹲身卸下背架）你们都听大哥一句，掐架的累活儿给公的留着，母的好好趴窝里歇着去。您不喜欢下蛋喜欢下煤球儿都没关系，甭管黑的白的，瞅不冷子给挤一个囫囵个儿的出来您就是神仙了，玉浦兄弟，您说是不是？

周玉浦　那是，那是！

金穆蓉　（瞪着田翠兰画十字，低声）哈利路亚！

田翠兰　（高声以对）阿弥陀佛！

苑国钟　（戏谑）关帝爷圣明！二位先别走，我有正经事儿跟你们说。立本儿，接着，（把艾蒿辫儿和中药包递给王立本）别耽搁！赶紧把艾蒿辫儿点着了挂茅房去，熏不死那蚊子也得把它熏傻喽，让它分不清哪是砖头哪是屁股，我看它叮谁去。那草药苴子不着急，泡一过儿再煎，得拿文火好好煨它，（转过身来）翠兰妹子，穆蓉妹子，知道今儿是什么好日子吗？

田翠兰　就冲您这一笑，没憋好屁。还不赶紧放出来，没看见手里都端着活儿呢吗？

苑国钟　（高声）今儿是好节气，处暑！是我苑国钟要饭的日子口儿了。（见众人回避便收敛了笑容）我不是要租钱，我要的是饭钱！你们两家儿东厢西厢住着我的瓦片儿，不能不赏我一口饭吃。过来瞧瞧，啊？多好的茉莉花儿，有人看没人要，花骨朵儿倒给掐没了！三瓶子酒，一滴答也没卖出去，咸菜倒是出去了，俩熟人儿一人挠了一大把，没给钱给俩字儿，尝尝！

田翠兰　给你俩字儿是便宜的！不是熟人儿，人家非要赏你俩大嘴巴蹬你两脚，你不是也得接着吗？

苑国钟　（运气）没错儿，我该着！我……

［二楼传来窸窸窣窣的声音，苑国钟和众人扭头往上看。苑江淼从屋子里走出来，端着一个竹篦子暖壶。他脸色苍白，头发略显蓬乱，神色却十分宁静。他打开前廊栅栏门的锁头，出门之后又反身锁好，顺着楼梯往下走。他沉浸在自己的思索中，轻轻咳嗽着，眼睛始终盯着脚底下。苑国钟小心翼翼地迎过去。

苑国钟　你好好歇着呀，快递给我，我给你灌暖壶去。
苑江淼　爸，我自己来。
苑国钟　小淼子，咱们，咱们后半晌儿去不成澡堂子了。
苑江淼　（缓步）为什么？
苑国钟　新来的这掌柜不地道，他怕主顾嫌弃病人，死活不卖给咱们澡牌子。

苑江淼　噢，（平静地走向灶棚子）人家没什么错儿。

苑国钟　（轻轻叹息）你们都瞧见了吧？

田翠兰　瞧见什么了？

苑国钟　您说，我这儿子是不是念书念傻了？

田翠兰　他没傻您傻了。

苑国钟　我怎么就傻了我？

田翠兰　满世界就没您这么惯儿子的！他再有病您也是他爸爸，就算他得了神仙的病他也不是神仙，他是您儿子！您犯不着一天到晚供着他。

苑国钟　我不是他爸爸，他是我爸爸，成了吧？

田翠兰　您还别不爱听！让他休了学是让他养病的，没白日儿没黑价地看书看书，就知道看书，您瞪着俩大眼珠子也不知道管管？这是养病呐？这不儿上赶着找死呢嘛！

苑国钟　我儿子喜欢看书，看了书他高兴，我得变着法儿让他高兴。

田翠兰　您也跟着高兴了是不是？您吃糨子吃多了吧？

苑国钟　您爱说什么说什么,我是心疼他,大半夜听他咳嗽,我心口都裂成两瓣儿了!我不想招我儿子不高兴。

田翠兰　搁着我,他要不听劝就把书给他扯喽,把口琴给他撅喽,把……(看见苑江淼走出棚子,连忙改口)小淼子,这几屉窝头都是新茬儿棒子面儿,蒸得了你趁热儿尝尝。

苑江淼　(轻声)谢谢大妈。

苑国钟　儿子,晚上我给你烧一锅热水,咱自个儿蹲水缸里涮涮。

苑江淼　不用了。

田翠兰　(悄声)他懒得说话,还偏去烦他,您这不是找着挨臊呢吗?

苑国钟　(目送儿子进屋,垂头丧气)他不是念书念傻了,他是嫌我跟你们催租子呢!每回一要房钱他就不爱搭理我,您说,我又没跟他要,他老这么臊着我干吗?

田翠兰　那您就甭要租子了,您还是要儿子吧。

苑国钟　（不悦）你们存心要饿死我是不是？话说回来，饿死我没关系，你们不能饿着我儿子，这不！你们都瞧见了，刚给他抓了药，可什么药能治得住痨棵子这号病呀？死马当活马医呗，人家跟我要多少钱我也得乖儿乖儿递过去，跟我要脑袋我不是也得给吗？你们把我扒光了瞧瞧，身上要是还剩着一个大子儿，我这就躺下，我请二位扒我的皮！我……

周玉浦　苑大哥！我们刚囤了几口袋药材，挺老大的花销……

苑国钟　我跟你说不着，你们家银子不归你管，（笑眯眯地对着金穆蓉）大妹子，您听好了，（掰手指头）大暑一笔，芒种一笔，加上处暑这一笔，咱把这三缕儿头发拧成一条大辫子！欠我这一季房钱，您就一股脑儿给清了吧？啊？您省心我省心，连老天爷都跟着省心了，（手指朝天）咱让人家操了多大的心情，对不住了您呐，老天爷！

金穆蓉　国钟大哥，欠了房钱是对不住您，可我们掉在坑里爬不出来，您不是看不见吧？您有眼睛啊！

苑国钟　（一愣）是啊，我有眼睛，都看见了。你们在坑里抓挠儿，我那坑已然给填平了。我早就让人家给活埋啦，你们就没看见吗？您的眼珠子横是没长在我眼眶子里吧？

金穆蓉　（口气放软）您用不着起急，这不是跟您商量呢吗？您瞧，玉浦在西鹤年坐堂您也知道，人家刚刚涨了堂租您不知道吧？屁股大一块地方，您知道他们要多少钱？我们玉浦挣三碗饭得拨给人家两碗半！上回进的那些党参您也看见了，钱没少花可全都发了霉。

田翠兰　（一边晾猪肠子一边插嘴）发了霉倒是发了霉，可也没见着耽误了卖，蜂蜜水儿里泡泡，老阳儿底下晒晒，做那大药丸子多水灵呀！

金穆蓉　还没完没了了！又哪儿碍着您了？

田翠兰　得！是我碍着您了，我躲您远点还不成吗？

苑国钟　等等！您往哪儿躲啊？先把房钱撂下，等我数完了您爱往哪儿躲往哪儿躲，您哪怕插个翅膀儿飞了呢，掏钱吧您呐！

田翠兰　您等我把肠子掏干净了再给您掏钱，我……

苑国钟 翠兰子!甭捣腾废话了,啊?我不爱听,掏钱!

田翠兰 活该您儿子臊着您。

苑国钟 活该我认了!别给软的啊,我要硬的,您给掏两块叮当脆的吧。

田翠兰 (跷起胯骨)手黏着呢,自己进兜儿里掏去。

苑国钟 (尴尬,对着金穆蓉)您也屋里取(音qiu,三声)去吧?

[田翠兰朝苑国钟偷偷丢了个媚眼儿。金穆蓉看在眼里,一脸鄙夷,画完十字之后拂袖而去。

金穆蓉 哈利路亚!

田翠兰 (对着金穆蓉的背影,高声)阿弥陀佛!

苑国钟 关老爷圣明。(犹犹豫豫地把手伸到对方口袋里,轻声)您是属王八的?怎么咬了人就不撒嘴呀?

田翠兰 那是!我一撒嘴她不得叼住我鼻子?上回洗猪肠子,脏水沁了她药材笸箩,愣讹了我半袋儿白面!

苑国钟 您犯不着跟她较那个劲,人家信的是玛丽亚。

田翠兰 她信玛丽亚,我信观世音,我能矮她一头不成?她脊梁后头有耶稣戳着,我屁股后头还蹲着弥勒佛呢，谁怕谁呀！

［田翠兰扭动腰肢挑逗，苑国钟汗都下来了，掏出几个铜板数了数，不甘心地接着掏。周玉浦偎在躺椅上假装看报纸，悄悄窥视他们。王立本则视而不见，摇着冒烟的艾蒿辫儿走向茅房。

田翠兰　哎哎哎！您掏够了吧？

苑国钟　不够，你们两口子一份儿，您闺女两口子还一份儿呢。

田翠兰　您掏半天掏着硬的没有？

苑国钟　我得问问我这俩耳朵，洗您的肠子去吧！

［苑国钟离开对方，熟练地弹着银元，一边贴在耳根子上听辨，一边凑近了周玉浦的躺椅。

苑国钟　我说玉浦兄弟。

周玉浦　唉，您说。

苑国钟　你媳妇进教门有两年了吧？

周玉浦　到腊月整三年。

苑国钟　都知道你屋里这大格格爱使小性儿，觉着随了天主还不得改改？脾气看涨！按说不至于呀？这世上谁招她了？谁惹她了？是傅司令得罪她了还是蒋委员长欺负她了？你跟她进过教堂，你给说说，是哪路儿神仙发了话了？看谁谁不顺眼，这到底是怎么档子事儿呢？

周玉浦　不瞒您说，我还想找个人打听打听呢。头一回进教堂我就打呼噜，推醒了接着打，我媳妇眼泪还没下来呢，把那神父给弄哭了！打那儿起，穆蓉她再也没让我跨进教堂一步。

苑国钟　你不去你闺女跟她去。

周玉浦　去两回也不去了。

苑国钟　你闺女也打呼噜？

周玉浦　打呼噜就好了。（低声）人家改信马克思了！

苑国钟　马马马，马什么？

周玉浦　马克思。

苑国钟　他是谁呀？一贯道的？

周玉浦　嘿！哪儿跟哪儿啊，（附在对方耳边嘀嘀咕咕）您知道了吧？

苑国钟　（紧张）我不知道！你什么也没说过，我什么也没听见过！这姓马的不认识我，我也不认识他，我就认识房钱！快招呼你媳妇拿钱，紧着呀！你们倒是……

［后夹道突然传来砍伐声，苑国钟一哆嗦仿佛被斧子劈了后脖颈。他盯着楼顶震颤的树枝，吃力地挪动脚步。

苑国钟　干吗呢？（大声）嘿，干吗呢你们！

田翠兰　（怯懦）他们伐树呢。

苑国钟　谁呀？

田翠兰　我闺女，我闺女他们两口子。

苑国钟　（发火）你让他们干的？占便宜没够是吧？蹬鼻子上脸踹脑门儿，想蹲我天灵盖儿上拉屎是吧！

田翠兰　不是我。

苑国钟　谁？不是你是谁？你说！谁？！

古月宗　（慢条斯理）我。

苑国钟　古爷？

古月宗　你瞎嚷嚷什么呀？是我让他们伐的。

［古月宗晃晃悠悠地下了楼梯。他的肩膀上用褡裢

兜着几个蛐蛐罐儿，一手拄拐杖，一手拿铁钎子这儿掏掏那儿捅捅。苑国钟看他打了个踉跄，赶紧上去搀了一把。砍伐声清脆而急促。

苑国钟　古爷，后夹道那棵树我押给棺材铺了，您知道呀！

古月宗　废话！不知道我能急着赶着雇人下斧子吗？

苑国钟　您这话儿是怎么说的？

古月宗　我命里缺这口棺材。腊月初八我整岁七十三，不备一口六个面儿的小木头宅子我过不了这个坎儿，明戏了吧？

苑国钟　不明白！您想睡棺材您上棺材铺躺着去呀，您糟蹋我的树干吗？我是房主，那树是我的，砍不砍我说了算，您凭什么说砍就给砍了呢？

古月宗　你是房主没错儿，可这窝头会馆是民国十六年你从我手里买过去的，对吧？

苑国钟　（不知道对方葫芦里装的是什么药）对，对呀！

古月宗　三百二十块现大洋，我把这房子卖给你了，对吧？

苑国钟　对，对呀！

古月宗　可是呢，我没把树卖给你呀，对不对？

苑国钟 （愣住了）对，不对！不对！！古爷，您好歹也顶了个举人的名头儿，您见过世面，您知道前朝皇上吃了韭菜嘴里是什么味儿，您说您在跟前儿闻过呀！您千万可别恶心我，我花钱买了院子，院子里的树能不是我的吗？院子是我的，院子里的东西能不是我的吗？

古月宗 我也是院子里一东西，我是你的吗？

苑国钟 ……

古月宗 说！我，古月宗，这老东西是你的还是我自己的？

苑国钟 您当然是您的了！

古月宗 这不结了！

苑国钟 可您要是棵树呢？您要是长在我后夹道里呢？您不是我的您是谁的呀？您活该把根儿扎这儿了！

古月宗 矫情！

田翠兰 老爷子！您别拿着铁钎子乱扎，墙皮儿都让您给扎酥了，小心砖头掉下来砸您那脚后跟！

古月宗 怎么着？院子是他的，蛐蛐儿也是他的？你们答应，蛐蛐儿答应了吗？我都懒得笑话你们，（从怀

　　　　　里掏出房契，一折一折打开）我跟你对对房契，把你那张也拿出来，让它凉快凉快，苑大头！

苑国钟　您别这么叫我，我不爱听！

古月宗　（开心大笑）你不爱听？给洪宪皇帝发丧那年，（对着田翠兰和周玉浦）那年这小子还给我看大门儿呢！不好好在院子里待着，跑到街上看袁世凯出大殡，你们猜怎么着？老百姓堵了一街筒子，不看那死的了都看这活的，都说怎么他妈这么快呀！袁大头转世了嘿，（众人笑）苑大头！你说，有这回事儿没有？

苑国钟　（自嘲）有这回事！我脑袋是大了点儿，可是我那苑不是他那袁，我是草民我带着草字头儿呢！您也甭管圆大头方大头吧，我就是扁大头，我就是一馅儿饼，后夹道那棵树也不是您的，它是我的。

古月宗　你给我念念房契，你能念出一个"树"字儿来，我磕死你脚底下，念呐！

苑国钟　我？我念不着。

古月宗　你不念我念。我就喜欢这两句儿，我念给你们公母几个听听。(田翠兰和周玉浦凑过来)卖者，这指的是我，(宣旨一般)卖者痛失老宅，身心染恙，切须调养，我差一丢丢儿没背过去，切须调养，自立契之日起，无偿，就是不给钱，无偿暂住原宅一间，待另购新居之后，即行搬离，买者不得干涉之，(喜悦而夸张)之之之！耳朵眼儿都痒痒吧？听进去了没有？

周玉浦　(恍然大悟)合着您，打民国十六年到今儿，还，还没购得新居呢？

古月宗　(乐不可支)做梦都想搬出去，找不着合适的呀！

田翠兰　今儿都民国三十七年了，这得省多少房钱呐？

古月宗　说得是呢！他一跟你们催租子，我心里那蜜罐子就给打翻了，驹儿得我啊，就别提有多难受了！

苑国钟　古爷，祖宗！您就不能被窝儿里偷着乐去？

古月宗　我怕乐大发了挺被窝儿里，出来透透气儿。

苑国钟　您已然大发了您快了！您别忙活了，我白送您一口棺材，您赶紧挺直了躺进去，我这就给您钉钉子成不成？

古月宗　嘿！小子，你说的？

苑国钟　我说的！怎么着吧？

古月宗　你们都听见了啊，树归他，棺材归我了。

苑国钟　您存心扇我脸巴子我认了！可那棵树它本来就是……

　　　　〔金穆蓉端着一笸箩成捆儿的纸币走过来，二话不说往篮子里倒。苑国钟赶紧张开衣襟兜住，连连后退，掉在地上的也来不及捡。

苑国钟　哎哎哎！我不要软的，您给我硬的！

金穆蓉　您将就着吧。

苑国钟　软的就软的，您倒是给我金圆券呀！弄这么多法币。

金穆蓉　自己兑换去！您啐口唾沫数数？

苑国钟　想数，数得过来吗？

金穆蓉　我不欠您了。

苑国钟　我也没欠您的，可我没法儿不谢谢您。

金穆蓉　您受累，免了吧。

古月宗　（单膝下弯，仄歪了一下）大格格，我这儿给您请安了！

金穆蓉　（搀起对方）您别这么客气，您老吉祥！

古月宗　托您老家儿的福！您家里头，在满洲过得还舒坦吧？

金穆蓉　还凑合。

古月宗　听说让共匪给围在锦州城，出不来了是吗？

金穆蓉　出来了，躲到天津卫去了。

古月宗　噢，（哪壶不开提哪壶）说是天津也快给围严实啦？

苑国钟　（幸灾乐祸）怎么就那么招人待见呢？走到哪儿人家跟到哪儿，真绝了去了。

周玉浦　（窥视夫人黯然的脸色，带哭腔儿）咱扯点儿别的成吗？您几位好歹给扯点儿别的，成吗，啊？

苑国钟　（盯着大门）嘿！站住！你站住！

　　　　［牛大粪把掏粪车停在大门外，跑到黑枣树后头去小解。苑国钟用衣襟兜着法币，追到大门口台阶上，冲着那棵树大声嚷嚷。

苑国钟　牛大粪！这回可让我逮着你了！你缺德吧你就！你别叫牛大粪了，叫牛大尿（音sui，一声）得了！挺老沉个物件儿，逮个旮旯就敢往外提溜，什么人呐你！

牛大粪　（从树后头绕出来，嬉皮笑脸地系着缅裆裤）哎哟嘿，舒坦！苑大哥，是我这尿泡对不住您了，可把我给憋惨喽！

苑国钟　你见天儿掏茅房，哪个茅坑儿盛不下一股水儿啊？你非得憋着跑这儿来滋我的树？

牛大粪　不瞒您说，这条粪道上一百多个茅坑儿，哪个我都不能使。老丫挺给我们定了规矩，哪怕拉了裤兜子，哪怕拿手捧着自己给咽下去，也别使人家主顾的茅厕。

苑国钟　你们老板这主意挺地道。

牛大粪　您就损吧您，上回一爷们儿没守规矩，正蹲着使劲呢，叫住家儿一女眷给撞上了，饶着赔了仨月薪水，脑袋还让人家给拍成紫茄子了。

苑国钟　就这么着吧，往后你自己拿手兜着啊！再让我逮着你，我把你弄成烧茄子，不信你就试试。

牛大粪　行！我自己喝下去，您敛这么多擦屁股纸干吗？

苑国钟　你那眼眶子里塞的是羊粪蛋儿还是药丸子啊？

牛大粪　不跟您逗了，我劝您赶紧上果子巷排大队去，您知道几个兑几个吗？

苑国钟　街上贴着告示呢，三百万法币换一块金圆券。

牛大粪　没那个行市啦！您今儿要能排上，四百万还能换一张，轮到明儿去，保不齐换一块钱就得要您六百万了。

苑国钟　（唉声叹气）那还换什么劲呐？我留着笼火使得了。

牛大粪　（凑近一些）您听说了没有，国军把延庆县城给丢了，说是平谷县城也给弄丢了，（兴致勃勃）这要是一路儿丢下去，下回就得丢到德胜门城根儿啦！

苑国钟　（小心四顾）西瓜都快丢了，丢俩芝麻算什么呀？哪天早起一睁眼，天安门楼子都是人家的了，（见古月宗走来，连忙大声）往后别饶世界滴答你那哈喇子，天儿这么热，可胡同哪儿哪儿都闻着不是味儿。

牛大粪　得了您呐，您说什么是什么了。（给古月宗鞠躬）举子爷！您老吉祥！添蛐蛐儿了没有？您说您要逮一蛐蛐儿皇上，您逮着他了吗？

古月宗　没呢！那孙子他老不上朝，我守在太和殿门口干着急不是，大粪，怀里揣铜子儿了没有？

牛大粪　揣着俩仨的。

古月宗　我前边儿这是曹锟和段祺瑞，后边儿那是张作霖和孙传芳，仨大子儿投一注，你赌哪蛐蛐儿赢啊？

牛大粪　（犹豫）还是曹锟蛮横，我就赌这爷们儿了。

古月宗　齐哩！我在胡同口阴凉里候着，掏干了茅厕子赶紧过来。

牛大粪　古爷，伙计们想托我跟您打听个事儿。

古月宗　玩儿婊子我可不会，玩儿蛐蛐儿我门儿清，什么事儿你直说。

牛大粪　那几个伙计弄不明白，这窝头会馆怎么非得叫窝头会馆，不叫它馒头会馆呢？

苑国钟　没错儿！叫包子会馆多油腥呀，叫驴打滚儿会馆都比窝窝头体面。

古月宗　我掐头儿去尾跟你简短截说，我一穷祖宗从乡下进京赶考，在这院子里住俩月，啃了六十天窝窝头，一考嘿！他他妈考上了！他脑瓜子一蒙把这院子给买了，起名窝头会馆，还给立了规矩，往后不是赶考的一个也不让进，赶考的不穷也不让进，能进来的见天儿啃窝头，直啃到我这块儿，足足啃了二百多年，再没有一个考上的，憋在那窝窝眼儿里头，愣是任谁都钻不出来了！

牛大粪　您不是考上了吗？

古月宗　别跟我装蒜！我那举人的名头儿是买来的，你不知道吗？苑大头没告诉你？他都告诉你什么了？

苑国钟　我告诉他窝头底下那眼儿是死的，钻不过去，要是改成焦圈儿会馆，早就钻出去了。

牛大粪　（笑）那眼儿也忒大了！门楼子上这匾，真是您写的？

古月宗　废话！不是我写的，能是乾隆写的吗？

牛大粪　落款儿可是乾隆！您写不了那么好吧？

古月宗　你想让康熙落款儿我也能给你落，得得得！曹锟这儿可等不及了，你多招呼几个伙计过来，冲你身上这香喷喷的喜气儿，今儿你不赢都不成，你那俩半钱儿自等着下小崽儿吧！

牛大粪　是吗？我，（惶然盯着胡同口，对苑国钟）那老丫挺的来了，您让一让，我得赶紧忙活去了。

［牛大粪挎着掏粪桶奔了茅房。苑国钟脚底下绊

蒜，钱捆子撒了一地，田翠兰扑过来帮着他往起捡。肖启山跟古月宗打了照面儿，满目和善却不肯让路，倒是长者闪开了身子。

古月宗　肖老板！您赏个大子儿听一段儿吧？

肖启山　您让我听谁呀？

古月宗　前边儿这是谭鑫培和杨小楼，后边儿那俩是梅兰芳和荀慧生，唱得那叫脆生！我给您逗逗，让他们好好给您哼唧哼唧？您想听哪个呀？

肖启山　我想听杜鲁门，您有吗？

古月宗　洋蛐蛐儿？还真没逮着过呢。

肖启山　（温和）我就爱听杜鲁门叫唤，逮着了言语一声儿，眼下您哪儿也别去了，咱们找个阴凉地儿聊会儿。

古月宗　我上胡同口儿顺一碗炸酱面，就手儿给您踅摸踅摸杜鲁门去，（逃离）您先候着！

肖启山　别跑，（笑）跑到哪儿我也能把你逮回来。

　　〔苑国钟兜好了钱，刚走两步又撒了。肖启山挟着账本和布带子，踏上了台阶。苑国钟把田翠兰的围裙扯下去，盖在钱捆儿上，笑眯眯地迎过来。伐树声不紧不慢，肖启山往后夹道那边瞧了一眼。

苑国钟　肖老板！这是哪阵风啊这么仁义，把您给兜来了？

肖启山　多大的风啊！都把我给兜落了地儿了，怎么就没把你给兜飞了呢？

苑国钟　兜飞了又给兜回来了，谁让您就是小旋风儿呢？说句真格儿的您可别不爱听，您这模范保长光知道上区党部开会去，活活儿把吃窝头的老街坊给忘了是不是？

周玉浦　肖保长您坐，我让穆蓉给您沏壶高的去，（掏烟）您先抽根儿骆驼！刚在黑市上淘换的洋骆驼。

田翠兰　待会儿炒肝儿做得了给您盛一碗尝尝！

肖启山　（笑容可掬）得得得，别瞎忙活了！来干什么你们能不知道吗？我不是串门子的，没那么多闲工夫，（在大水缸旁边坐下）谁也甭啰唆了，忙完了正经事儿咱们再扯闲篇儿，都过来听着啊，（打开账本，念绕口令似的）电灯费、渣土费、大街清扫费、大街洒水费、城防费、兵役费、水牌子费、绥靖临时捐、绥靖建设捐、守防团捐、护城河修缮捐、下水道清理捐、丧葬捐、植树捐、房捐、粪捐、树捐，还有一个是，(找着了)马干差价？对，马——干——差——价，诸位，我说全乎了没有？

[所有人都蒙了，像木头桩子一样戳在周围。肖启山莫名其妙，前后左右地打量他们。苑国钟笑容凝固，忍不住要哭似的。

肖启山　聋啦？替我掌掌口条儿，有落下的没？

苑国钟　(有气无力)还有落下的呢？没落下都活不成了，再有落下的，您也别收税了，您叫辆排子车给唔们收尸得了。

肖启山　(打趣)臭皮囊活着都没人儿稀罕，硬了谁要啊？

周玉浦　肖老板，城防费和兵役费不是年根儿才收呢吗？这才处暑，且不到日子口儿呢！

肖启山　不知道打仗呐？打仗能不花钱吗？今儿打的是东北，明儿那炮弹兴许就能掉你们家炕头儿上来，耗到年根儿再找你收钱，让我跟你那碎骨头渣滓要去？我要得着吗还？国钟，钱上的事儿你门儿清啊，今儿怎么成呆鹅了？真有什么不明白的地方，你照直了说。

苑国钟 我压根儿就没弄明白,这马——干——差——价,它到底是个什么物件儿?

肖启山 说老实话,我也不大明白,我这么跟你说吧,这马干差价的意思就是,马干的差事打算让你给干喽,可是你不是马啊,你干不了,你们家也没有马替你当差,怎么办呢?你给出个价儿吧,马干差价!大概齐就这意思,明白了吗?

苑国钟 (频频点头)明白了,我还剩半个不明白。

肖启山 这耳朵接着呢。

苑国钟 我记着树捐就一个呀,您怎么给弄出俩树捐来了?

肖启山 那个是植树捐,这个,(指指后夹道)谁让你叫我听见了呢?树可不是随便砍的,你得给国民政府补个伐树的捐。

苑国钟 (捂着腮帮,牙疼似的)哎哟哎!

肖启山 (笑)你还是哟哎哟吧!咱这大民国不缺你那俩小钱儿,可谁让你是民国的一个民呢,该孝敬你就得踏踏实实孝敬着。别说牙疼,就是肋叉子疼,你也得把挂在骨头上的钱串子给我撸下来！

苑国钟 您让我说句不好听的行吗？

肖启山 你还是积点儿德说句好听的吧。

苑国钟 这民国，这民国它压根儿就不该起这个名儿。

肖启山 （众人一愣）那你打算让它叫什么呢？

苑国钟 叫我说哈，民国要不像个民国，叫他妈官国算了！

肖启山 你这是好听的吗？

苑国钟 （田翠兰偷偷杵他后腰，被他扒拉开）不好听的给您夹着呢，没好意思蹦出来。

肖启山 平时胆儿小得跟个兔儿爷似的，一让你掏钱你就撑儿。吃软饭拉硬屎，什么屁你还都敢放，中华官国？（笑）真亏你想得出来！

苑国钟 （意犹未尽）本来就是嘛！动不动跟我要钱，动不动跟我要钱，我跟他们要过吗？您替他们跟我要过一百回钱了，您替我跟他们要过一个大子儿吗？您到当街上拦一辆奥斯汀试试，您跟那当官儿的说，一姓苑的跟你要两块钱，不给不行！不给不让你走！您看他撑儿不撑儿？他撑儿了，我凭什么不能撒儿呀！

田翠兰　（打圆场）苑大哥真逗嘿！他多逗啊，他。

周玉浦　开玩笑有两句就得了，（使眼色）给两句正好儿。

苑国钟　（没发现肖启山脸色陡变）可不是正好儿嘛！咱给它三民主义改成三官主义，官吃官喝官拿，正可好儿！

肖启山　（高声）苑国钟！闭上你丫那臭嘴！你还没完了你？共军离城门楼子还远着呢，你那狗鼻子就闻见味儿了，你他妈烧得慌是吧？你想上哪儿凉快去？炮儿局还是半步桥？你说！你懒得动，我背你丫过去！

〔伐木声缓慢有力，众人则鸦雀无声。肖启山在一瞬间露出了凶悍的本相，却很快恢复了平静。苑国钟缩着脖子，毕恭毕敬地戳在那儿。金穆蓉把茶盘子放在青石板上，轻手轻脚地斟水。

金穆蓉　（柔声柔气）上礼拜大弥撒，您夫人怎么没去呀？

肖启山　（近乎慈祥）老毛病犯了，喘得下不来炕。

金穆蓉　听您夫人念叨，说是小达子秋天就能从牢里出来了？

肖启山　别跟我提这人儿，一提他我脑门子就往起鼓。

金穆蓉　我记着，（察言观色）刑期还差着两三年呢吧？

肖启山　差是差着呢，可谁还稀得关着他？时局有今儿没明儿的，到底怎么着谁说得明白？别说小达子，那些杀人放火的主儿都一拨儿一拨儿从牢里往外撒，不是什么好兆头儿。

金穆蓉　这年头儿满世界跑枪子儿，牢里怕是比街面儿都安生。

肖启山　说是那么说，你们家子萍还好吗？暑假放了好些日子了，胡同里怎么也见不着她人影儿呢？

金穆蓉　（与丈夫匆匆对视）北边儿打仗，吉林几个女同学回不去家，她在学校里陪着人家解闷儿呢。

肖启山　一顶一的丫头片子，唔们家那癞蛤蟆这辈子甭想！

金穆蓉　瞧您说的，（又扫了丈夫一眼，话中有话）谁还不是认命呢？往后就得个人儿顾个人儿，能凑合着活下去就算万幸了。

肖启山　（叹息）甭管怎么着吧，命还在呢，钱也在呢，趁着能喘气儿咱们得紧着抓挠了，诸位都别渗着啦！照老行市来吧，省得一箍节儿一箍节儿算着麻烦，

（见众人不动）耳朵长毛儿啦？没听清楚？你们真觉着亏吗？你卖膏药，你卖炒肝儿，你卖私酒卖咸菜，你们逮着什么卖什么，政府跟你们要过一厘钱的税吗？没有我挡在这儿，你们能这么轻省？你们别拿屁股拿脑门子好好琢磨琢磨。

田翠兰　我这就给您拿去！

周玉浦　您先点根儿骆驼！您让我给您点根儿骆驼。

肖启山　（吼）赶紧拿正经的来！

周玉浦　您饮着，您先饮着。

〔女人们退回各自的屋里去了。苑国钟叮叮当当地翻找零钱，肖启山则闭目养神，不想搭理他。牛大粪背着粪桶从茅房走出来，苑国钟怕他蹚了藏着的法币，挪几步挡在甬道儿上。

苑国钟　别从肠子和膏药底下过，上那边儿绕石榴树去。

肖启山　（对着牛大粪发泄）你捯脚稳当着点儿！把腰杆子挺起来！你们瞧土鳖这两步儿走，娘们儿似的，还是个瘸娘们儿，活他妈揍性！敢把粪汤子漾出来，你趴地上给我舔喽！

牛大粪　（谦卑）得嘞！您擎好儿！（嘟囔）你个丫头挺的。

田翠兰　（捏着纸包从屋里出来，递给肖启山）按规矩呈给您了，就牙签儿这么小不点儿的生意，往后全仗着您照应了，等唔们混成了大棒槌，可得好好孝敬孝敬您！

肖启山　你别拿那棒槌骇我脑瓜子就成了，小斗子呢？

田翠兰　后头伐树呢，（紧张）您找他有事？

肖启山　甭打听，你先让他过来。

田翠兰　（对着月亮门儿）小斗子！福斗！福斗！

关福斗　（幕后）唉！

田翠兰　肖老板找你呢，你跟秀芸都过来！别磨蹭，紧着！

关福斗　来了来了！来了……

　　　　〔关福斗拎着长把儿大斧子跑出来，险些收不住脚，把众人吓了一跳。他用衣襟抹着满头大汗，半天匀不过气儿来。王秀芸背着一大捆枯树枝子，溜着墙根儿钻进了伙房。

关福斗　妈的，这树瓢子真硬，铁疙瘩似的，肖老板！您，您找我？

肖启山 （上下打量对方）我看你就跟个铁疙瘩似的，家里有镐头吗？

田翠兰 （抢话）没有！

肖启山 （瞪她一眼）有铁锨吗？

关福斗 有。

肖启山 你把那斧子给我扔喽，给铁锨换个结实点儿的木头把子，扛上它这就跟我走。

田翠兰 上、上哪儿去？

肖启山 上坟地里给你挖坑儿去。

田翠兰 （真急了）您到底打算领我姑爷上哪儿啊？

〔金穆蓉从屋里走出来，把沉甸甸的纸包递给肖启山，跷着莲花指为对方斟茶。周玉浦愁眉苦脸地看着老婆的一举一动。苑国钟唉声叹气，装模作样地数着一把铜子儿。

肖启山 （心平气和）这程子你们谁到永定门外头去溜达过？那些个飞机呀，就甭提有多闹腾了，胖的瘦的在脑瓜儿上一块儿嗡嗡嗡，跟闹蝗虫似的死活它就落不下来！为什么你们哪个知道吗？

周玉浦　跟日本人学？反共防共，想给咱们市民撒传单？

金穆蓉　八成是南苑飞机场出事了吧？

肖启山　可不就是呢嘛！共军的炮弹砸在机轱辘道儿上了，翅膀短点儿的，贴边儿还能凑合着往下出溜，剩下的可惨喽！蒋委员长大老远从南京飞来，生生落不下去，翅膀长得忒长啦！怎么来的又怎么回去了，你们说他闹心不闹心呐？这叫他妈什么事儿啊！啊？

田翠兰　我还是没听明白，您让我姑爷扛着铁锹去干吗？您就是让他扛着斧子过去，那蒋委员长该下不来，他不还是下不来吗？

苑国钟　（成心添堵）您还别说，要是咱们都扛着斧子过去呢？嫌翅膀忒长了咱们给他砍短点儿成不成？我估摸能下来人家也不下来了，任谁都不想下来了！想飞走的还不定得有多少呢，你们说是不是？

周玉浦　玩笑话有半句就得，（使眼色）半句正好儿。

肖启山　（不恼）不定哪天，飞机轱辘落你丫脑袋上你就踏实了。

苑国钟　他要嫌我舍不得掏钱给他乱花，成心砸我一下儿我认了！

肖启山　你当你他妈养活儿子呢？（喝茶）小斗子你听好了，出了胡同奔菜市口，往北走到西单牌楼磨身儿往东，一直扎下去，什么时候撞着东单牌楼了你什么时候停下来。那儿有人管你三顿饭，天黑了帐篷里有你的草铺，天亮了拿着铁锹拌三合土砸大夯，自要待够了二十天，保你能踏踏实实顺原路回来，（对着田翠兰）我还你们公母俩一个全须全尾（音yi，三声）儿的养老女婿，咱就这么着了行吗？

苑国钟　炮儿局，打北边儿搬南边儿去啦？

田翠兰　（浑身发软）福斗犯什么错儿了？让唔们当这等子牢里的差事？

肖启山　好差事！在大马路南边修飞机场！顿顿儿离不了白米饭白面包，羊肉氽丸子就美国的虾米罐头，傻小子，享福去吧你！赶紧回屋跟老婆吃个嘴儿嘬两口奶豆子，这就跟我走。

田翠兰　（慌神儿）肖保长，他肖爷，我亲叔儿！您抬抬手儿，甭让呣们去了成吗？一家子都指着他呢，您可怜可怜我们！闺女的肚子都五个来月了，福斗出去要有个三长两短的……

肖启山　说什么呢你？这不是去半步桥儿，真把他毙了活儿谁干呐？

田翠兰　去年下半年儿，胡同口老赵家那二小子，说是征了修马路去，到了儿让人给弄到高碑店挖战壕，一个大马趴那儿就没起来，让枪子儿给梃过去了！您是活菩萨，您饶他一命得了。

肖启山　他不去谁去？你去?!

田翠兰　要去家儿家儿得有人去，凭什么拆我们一家儿的房柱子呀？

金穆蓉　（阴阳怪气）我们家倒是想出一口子，可惜了儿缺您那个福气，现找个倒插门儿的壮丁，怕是也不赶趟儿了，自要是保卫咱这民国，谁去不是去呀？拆了柱子救国家，房子塌了也就塌了，值！

〔田翠兰噎得说不出话来。王秀芸躲在苇子帘儿后面，用树枝儿捅丈夫的脊梁，福斗恍然大悟，砰然倒地发起了羊角风，抽筋儿拧下巴外带吐白沫儿。院子里顿时炸了窝。王立本一屁股骑在那两条乱蹬乱踹的腿上，像收拾小马驹儿似的。王秀芸端着葫芦瓢，往男人脸上喷水，又掐人中又啪啪地扇小嘴巴儿，两口子配合得十分默契。

田翠兰　福斗！福斗，（哭了）福斗哎！

王秀芸　妈！您哭什么呀？离死还且着呢！

苑国钟　舌头！快！拿两根儿筷子硌他牙上，留神他把口条咬折了咽下去！

周玉浦　哟！吐了，杂合面儿窝头给吐出来了！

金穆蓉　你别上手，给你拿我手绢接着！

苑国钟　糊块膏药成吗？往他嘴巴子上糊块膏药试试？

王秀芸　爸！您轻点儿，您都把他腿肚子拧前边儿来了！

王立本　（头一回说话，尖声）大头！快摘个石榴去！

苑国钟　唉！摘摘，摘石榴干吗？

王立本　刨囵个儿塞嘴里，专治羊角风！

苑国钟　塞得进去吗？塞进去还拿得出来吗？可别噎死你姑爷，（突然惨叫起来）看着！你们眼瞎啦！看脚底下！看着，你们，我……

［院子里再一次鸦雀无声，连抽风的人都被惊得不敢动弹了。苑国钟异常窘迫，瘪茄子一样耷拉着脑袋。那条围裙被众人踢到一边儿去了，露出了一摞摞散乱的法币。肖启山眯缝着眼睛，轻轻嗅他的鼻烟儿。

肖启山　你个小妈妈儿的，（打了个喷嚏）唬我跟唬孙子似的！你们缺德不缺德呀？小斗子，老木匠死那年你在哪儿干活儿来着？

关福斗　在白纸坊给一阔主儿修亭子。

肖启山　那年十六军九十四师征兵，我领着人征到你头上，你个臭小子当着大伙儿干什么来着？

关福斗　（憨笑着爬起来，一副好汉做事好汉当的样子）没干什么，抽羊角风来着，它想抽我有什么办法呀？

肖启山　打光棍儿抽风，娶了媳妇还是抽风，你还真会挑时候儿，进了洞房趴在炕席上，你也这么抽来着吧？你就不能换个花样儿？

关福斗　我师傅没教我别的，奉军招兵他抽风，直军招兵他还是抽风，皖军招到他头上他接着抽！他要不抽风他怎么就成了我师傅呢？不抽风他也当不成木匠不是。

肖启山　（笑）你小子还真有的说！得了，接着砍你的树去吧。

田翠兰　他肖爷！您是他亲爷爷是我亲叔儿！我给您磕一个。

肖启山　你别价！我还没说完呢，一天六毛钱，二十天多少钱，你们两口子钻被窝儿里好好捏捏手指头。现在我不跟你们要，要你们也没有，等你们再拿几锅炒肝儿换了正经东西，别让我催，麻利儿给我包好了送过去。

田翠兰　您饶命就饶到底，饶半条命让我们怎么喘气儿啊？

肖启山　你们怕死不想去，我不得花钱雇人替你们死去？得了，有一个算一个，你们该干吗干吗去。苑国钟！这一地烂纸片子是你的吧？你站那儿别动，我这就过去抽你丫挺的，你动？你敢动？

〔苑国钟真的不敢动了。斧子在后夹道发出嘹亮的啸叫，整个院子都在震颤。肖启山把碍脚的法币踢开，抬起了一条胳膊。苑国钟吓得一缩脖子，那只手却轻飘飘地落在他肩膀上了。俩人依偎着走到大门口，窃窃私语，像亲哥儿俩似的。

肖启山　你跟我说老实话，你儿子的病糟到什么成色了？

苑国钟　（闭着眼长长地松了口气）您，您刚才问我什么来着？

肖启山　你们家苑江淼的病，横儿不至于说死就死了吧？

苑国钟　听协和那洋大夫的口气，像是还有几年的命。可上个月碰上一江湖郎中，硬跟我说活不过一年去了！我上中央公园找俩半仙儿打了好几卦，都说过了阴历年就得备丧事，我不敢当真可也不敢不当真呐！肖老板，我姓苑的都这样儿了，您要是不心疼我谁心疼我？

肖启山　我要按户口底子征你们家男丁修飞机场，你不儿也得掏钱代工吗？我要是不心疼你，你可没这么轻省。国钟，你是跟我玩儿幺蛾子啊，还是真的成光屁溜子了？

苑国钟　我要蒙您我就不是人揍的！但凡有点儿遮盖，我儿子能住不起医院？就为了抓几服好药，我把家里能卖的都卖干净了，我没钱交政府的差事了！除了这地上的，您伸手掏进来摸摸，您薅不着正经东西，就剩几根儿鸡巴毛啦！

肖启山　得得得得！又来了，照你这么说，就剩这一撮杂毛儿了。（逼视对方）你打算拿什么东西给你儿子办喜事儿呀？

苑国钟　（愕然）您……我……那什么……

肖启山　别跟我装傻！你想给你儿子冲喜，托人找了好几家儿了对不对？

苑国钟　（惊惧）您小点声儿！别让我儿子听见，这事儿我没敢告诉他呢。

肖启山　你连话都不敢跟他透，你还给他冲哪门子喜呀？

苑国钟　您说不冲喜怎么办？您要说卖脑袋能救他的命，我这就把脖子上顶的这东西切下来给您搁这儿，您信不信？

肖启山　我信！我信！（沉吟片刻）劈柴胡同一姓刘的怕招病，没答应你？

苑国钟　是咱们没相中！那丫头俩大眼珠子不怎么动弹，瞧着瘆得慌。

肖启山　你说是她命不好,还是你儿子的命太好了?

苑国钟　命好?您这是想寒碜我?

肖启山　我是想顺便给你们搭挂一人儿。

苑国钟　谁呀?

肖启山　高台阶老肖家的黄花大闺女,排行老三的肖鹏芝!

　　　　[苑国钟差点儿踩空了从台阶上掉下去。他活像一只被逼到了墙角的耗子,肖启山则老猫一样盯着他,不出声儿地笑着。

肖启山　瞧不起我?

苑国钟　不是,哪儿的话,您……我……

肖启山　(熟练地打手势)八条粪道,六眼甜水井,四个铺面,俩院子,你看他们家哪块儿委屈了你了?

苑国钟　不能够!您说哪儿去了?

肖启山　老肖家做事从来不要单儿,养活孩子都是龙一对儿凤一对儿,老大在南京当参谋抖威风,老二嫁到南洋享清福,老三在家里等着出阁,整天吃香的喝辣的,老四虽说倒了点儿霉,可是从泥坑子里说爬出来他就准能爬出来,(咄咄逼人)你看这一窝儿福蛋，给你们家那痨病棵子当大舅子小舅子大姨子，当个冲喜的小媳妇儿够得着资格了没有？

苑国钟　您是太阳，我们是鸡蛋黄儿，挨……挨不上。

肖启山　挨不上？怎么个意思？

苑国钟　一个天上一个地下，我们，还真是不敢挨上去。

肖启山　你儿子有病，我闺女也有病，俩病凑一病！我们天上的还没说吓得慌呢你们地上的怎么就说不敢了？

苑国钟　俩人都有病是都有病，可您闺女，她是，她是个疯子呀！

肖启山　（沉默良久）得！明白你意思了，你看着办吧，我等你回话儿，我再给你撂下一句沉的。自打你惦记给儿子冲喜，你绕世界踅摸人儿，独独绕开我们家高台阶儿，你不拿眼皮子夹我。苑国钟，就这一句，你他妈得罪我了！回见了您呐。

苑国钟　（追下台阶）您留步，您留步！听我说，您看我欠您那捐……

肖启山　我包圆儿了！

苑国钟　我，我怎么没听明白呢？

肖启山 （微笑）谁让我心疼你呢？我替你垫足了交上去，算我下给你一笔印子钱，六分的利，十天一结。我不见你，有人来替我拿。

［肖启山扬长而去，中途停了下来。后夹道那棵树吱吱嘎嘎地倒下去。随着一声闷响，传来砖瓦破碎和墙体坍塌的声音。所有人都跑到院子里，关福斗和王秀芸冲出月亮门，奔向了呆若木鸡的苑国钟。

关福斗 苑叔儿！明明冲那边儿倒下去了，中间儿拧一麻花儿，栽这边儿来了！

王秀芸 拴着大绳呢，没勒住！

苑国钟 （颤抖）砸了我房你们赔！得赔我，你们！

田翠兰 赔你个大萝卜！你那房不是好好的嘛！

金穆蓉 不对吧，瞧着像是把东院的大北房给砸了。

周玉浦 没错儿！你们把黄局长他们家房给砸了！瞧啊，西山墙塌了一块，你们都过来瞧啊！

苑国钟 天呐！还不如砸我的房呢，你还不如砸我脑壳呢！小斗子，我拿菜刀剁了你！

肖启山 （笑容可掬地凑过来）你们就知道给我找麻烦！我这

保长又添了事由儿了，我得赶紧问问那院的管家去，这得怎么个赔法儿呀？国钟你别着急，我替你包圆儿。他们让你赔多少你都别上吊去，也别上筒子河扎滋泥去！有我呢，（笑出了声儿）我全都给你包圆儿喽！

田翠兰　（嗅来嗅去）什么味儿？什么味儿，（大惊）药！药煳了！立本儿，你个棒槌！药巴锅啦！

〔苑国钟想说什么没说出来，带着惨笑悠然昏厥，关福斗和周玉浦上前托住了他的身子。舞台上的一切凝固了片刻，灯光渐暗，隐约传来蛐蛐儿的欢唱和悠扬的口琴声。大幕飞速地拉严了。

第二幕

一九四八年秋　霜降　黄昏

[口琴声由远而近,大幕拉开之后却渐渐消失了。几棵树果实稀疏,泛黄或泛红的叶子七零八落。黑枣树的树干糊着一副白纸黑字的对联,上联"你尿我老树",下联"我日你大爷"。字是乾隆体,与匾上的字相同。楼底西侧的梯子旁边儿,两条板凳支着一口尚未完工的棺材。关福斗在廊子里推刨子,王秀芸坐在刨花儿堆里打磨锯齿,钢锉发出尖厉的摩擦声。东厢房窗户根儿摆了一条板凳,周玉浦用搁在凳子上的小铡刀切药材,笸箩都快接满了。古月宗从棺材后头转悠出来,端详着它的每一处细节,活像个古董店里的掌柜的。田翠兰在伙房里紧忙活,抽身来到院子里,麻利儿地蹲到大盆跟前,扑在搓板上吭哧吭哧地洗起了脏衣裳。

田翠兰　(高声)秀芸!你踏实待会儿!嗞啦嗞啦的,你就不怕惊着肚子里那孩子?

古月宗　(摩擦声消失)孩子没惊着,我的蛐蛐儿全给惊着了,小斗子,你说怎么办吧?我那些蛐蛐儿不会叫唤了,你们得赔我个会叫唤的。

关福斗　（埋头干活儿）我会叫唤，您要吗？

古月宗　个儿大的我不要。

王秀芸　（收拾刨花儿，肚子明显大了）赔您个什么您才乐意呢？

古月宗　你们把那孩子赔我得了。

田翠兰　（嘎嘎笑）古爷！您真逗！

古月宗　等秀芸把孩子生下来，咱们就见天儿都能听见叫唤了。

关福斗　古爷，您还是自己哼哼两声儿得了。

古月宗　我是想哼哼来着，怕吓着你们。等哪天我爬到棺材里去，再悄没（音mo）声儿冷不丁地爬出来。
　　　　〔二楼有动静，众人不约而同地往上看。苑江淼端着一个带盖儿的搪瓷大痰盂儿，重复着那些刻板的动作——打开栅栏门的锁头，出门之后又反身锁好，顺着楼梯往下走。他神色疲惫，轻轻咳嗽着，眼睛一如既往地盯着脚底下。

田翠兰　小淼子。

苑江淼　（一愣，停下来微笑，目光清澈）大妈，您有事儿？

田翠兰　那什么，咱那茅房不是俩茅坑儿吗，右手那坑儿往后单归你用，痰盂里的黏痰有血没血你都倒那坑儿里，别往旁的地方倒。

苑江淼　我明白，我爸都跟我说了，您放心吧。

周玉浦　快去吧孩子！四角儿刚撒了白灰，里头干净着呢。

苑江淼　唉！谢谢周叔儿，我去了。

　　　　［苑江淼的身影消失在竹篱笆后面。院子里静悄悄的，半天没有人动，也没有人说话。田翠兰重重地叹了口气，大家随即散开了。

古月宗　（嘟囔）脸色儿不对劲，比我这棺材板儿还白净。

周玉浦　要说真是个好孩子！怪可惜了儿的。

田翠兰　你看着心疼，你倒是给开个机灵点儿的方子呀！

周玉浦　我那点儿能耐都在推拿和正骨上，针灸也凑合，可扎针儿管什么用啊？本来就吐血，扎不好扎喷了，苑大哥还不得宰了我？您瞧他那副眉眼儿，我掂量着，他这会儿正拎着砖头趸摸垫背的呢。

古月宗　该活的是活不下去了，该死的可又死不了，都是因为天底下谁都镇不住谁了！要是从天上能掉个皇上

　　　　下来，哪怕好歹有个胳膊粗点儿的从地底下冒出来呢。（梦游一般）等下回宫里殿试的时候，我是不见准爬得进去喽，可坐在那儿划拉毛笔字儿的，必是有我界壁儿这一位啊，谁让这小淼子他念书往死里念呢！

田翠兰　您可别提皇上，一提皇上您嘴里就没人话了。您留着那些嚼头儿跟那棺材唠叨去，您爬到里边儿嘟囔去。

关福斗　（持续干活儿）古爷，有些事儿我一直都弄不明白，那年是哪个坎儿让您过不去了？这好端端的小院儿，您怎么说卖就给卖了呢？

古月宗　这院子坏了风水，我不撒手不行了。

关福斗　怎么的呢？

古月宗　流年不利！生生就让我撞上俩傻瓜。

关福斗　是哪两个呀？

古月宗　头一个傻瓜是教书先生，祖家儿是江南的阔主儿，有花不完的银子享不尽的清福儿，嘿！他不好好教书做学问，整天在广安门货场乱窜，跟扛大个儿的

　　　　　在一块儿混，有能耐您也扛大个儿去呀，要么您就拎着大板儿锹卸白灰去，他不！他撺掇人家罢工，这不明儿摆着找死吗？就这屋儿，（指着楼上苑江淼的屋子）他交了半年房钱，住了仨月不到，让人家薅出去把脑瓜子给崩了，整个儿就是一大傻蛋！

关福斗　那傻瓜是哪个呀？

古月宗　（更来气了）哪个呀？那个！张作霖手底下一二百五！三十郎当岁儿一狗屁团长，整天晾一大秃瓢儿，站房顶上吹口哨儿放鸽子。（指着东邻院）他住那院，鸽子落我楼顶上他轰不下来，一上火儿你猜他怎么着？一手拎一盒子炮就砰砰砰！不把子弹打光了不算完，他这一犯傻不要紧，我受得了吗？搁着你，你是要房子你还是要命啊？

关福斗　搁着我我也卖了！可是，苑叔儿他一看大门儿的，怎么一眨巴眼儿就掏出那么多现大洋来了？搁着我，还不得挣个大半辈子？

田翠兰　小斗子！老实干你的活儿，别人家的事儿甭乱打听。

古月宗　（诡秘地）他往下打听我还不一定告诉他了。有些个事情，说不清楚听清楚了麻烦，说清楚了没听清楚，那就更麻烦了不是？

［苑江淼按原路静悄悄地走回来，大家屏息注视。田翠兰摊着湿淋淋的双手，欲言又止，终于忍不住凑了过去。

田翠兰　小淼子，大妈有几句话想跟你念叨念叨。

苑江淼　（站在楼梯拐弯处）您说。

田翠兰　你爸爸见天儿在外头捣腾小买卖儿，想搭我们家灶伙，往后你想吃什么跟大妈说，大妈变着法儿给你做。

苑江淼　谢谢您，我这病传染，还是自己吃吧。

田翠兰　不碍的！碗筷勤拿开水烫着点儿。小淼子……

苑江淼　（走两步停下来）您说。

田翠兰　（扒着栏杆儿仰视）大妈是看着你长大的，你爸一人儿把你拉扯大了真是不容易！你妈一生下你来就死乡下了。

苑江淼　（温和）我知道。

田翠兰　你打小儿就害了童子痨，多少街坊劝你爸爸别治了别治了，扔到城墙根儿算啦！治不好……你爸爸那时候火力壮，大雪天儿怀里抱着你四九城转悠着找大夫，人冻得跟个冰葫芦似的，回到家来气儿都不喘一口，拿橘红丸捻碎了和着蜂蜜喂你呀。

苑江淼　我都知道，（微笑）您今天说这些干什么呀？

田翠兰　自打你这回犯病退了学，你就没给过你爸爸一个好脸儿，有一年多了吧？你连你的屋儿都不让他进！你不能这样儿对你爸，他是打心眼儿里疼你，街坊都能看出来，你当儿子的能看不出来吗？

苑江淼　（平静）您还有什么事儿吗？

田翠兰　冲喜的事儿他是不该瞒着你，他不是为了你好吗？你吭哧吭哧地跟他说话，他抹过头去眼睛里转泪花子，我看不下去。

苑江淼　我明白，那件事我不想再提了。大妈您忙吧，时间不早了，我得看书去了。

田翠兰　（目送对方的背影）看书看狠了伤身子，别整天钻进去不出来，吹口琴也伤身子，看书看累了你干点儿别的。

苑江淼　（苦笑着回过身儿来，良久）我还能干什么呢？您说，我还能来得及干点儿什么？

　　　　〔众人沉默。苑江淼锁好栅栏门，飘进屋子里去了。王秀芸帮丈夫抬棺材盖儿，田翠兰冲过去搭把手儿。

田翠兰　福斗你不长眼！她都七个多月了，你让她干这个？

关福斗　（委屈而恭敬）您别赖我，光知道图省钱，唎们想雇个小工儿您也不乐意。

田翠兰　我的手不这儿闲着呢吗？外头雇俩半爪子，一天敢要你三斤杂合面，再不好好给你干，钱烧的？杂合面都一块六一斤了你们知道吗，哎哟！哎哟哟哟！

关福斗　别砸着您脚！

王秀芸　妈您怎么了？

田翠兰　膀子！我这膀子……

周玉浦　（颠颠地跑过来）让我看看，快让我看看！您老是看不起我这手艺，老说我在西鹤年坐堂是蒙事，这回您犯在我手里了吧？

古月宗　（凑热闹）来吧您呐，想怎么叫唤您就怎么叫唤吧！

大点儿声儿，让我听听，叫得还挺欢实！挂零儿了没有？撅起来让我瞜一眼。

关福斗　您让开点儿，添什么乱呐！

〔田翠兰被扶到大水缸跟前坐好，周玉浦闷着头一通乱捏，任凭她疼得龇牙咧嘴也不撒手，最后押着胳膊使劲儿一哆嗦，对方惨叫一声之后便踏实了。

周玉浦　先别动！别动，再揉几把就齐活了。

田翠兰　大兄弟，您挣钱可真容易。

周玉浦　那是！我本来还想研磨研磨内经和方剂，后来一想算了，这年头儿欠账的多，打人的和挨打的也跟着多，街上净是鼻青脸肿的，我不愁没饭吃。这几年，学生们越来越不老实，动不动就上街游行，当老师的当老妈子的都敢跟着上街叫板，起哄架秧子能少得了挨揍吗？您想啊。

田翠兰　（看见金穆蓉踏上台阶）大兄弟。

周玉浦　（背对着大门）他们挨了拳头挨了棒子，让人家给揍得拉了胯了脱了臼了，能不来求我吗？天底下找揍的人死不绝，我下辈子都不打算干别的了。

[周玉浦觉着不对劲,扭头一看傻眼了。金穆蓉站在大门口,抱着一个耶稣受难的十字架,怒目而视却故作镇静地走向了东厢房。周玉浦跑过去献殷勤,想把十字架给拿过来。

周玉浦　(轻声)她膀子扭了,非让我给她弄弄,(掏钱没掏着,赶紧掏另一个口袋)不白弄,给钱了,你看!自当是出一回诊了……

金穆蓉　(突然站住)怎么不接着弄啊?

周玉浦　(发蒙)穆蓉……

金穆蓉　你刚才说谁找揍来着?

周玉浦　咱进屋说去。

金穆蓉　我看你就找揍,别往我手上搁,倒贴的钱我不要,你给我扔回去。

田翠兰　哎哎哎哎,大妹子!您说什么呐?

金穆蓉　(针锋相对)他田姐姐,当着孩子呢,给我们留点儿面子,也给自己剩块儿脸皮,别动不动就往男人身上蹭,谁还不知道您有多干净。

田翠兰　干净?我没您干净!您要是不干净,您不在大宅子里好好捂着，跑这死胡同儿里来受什么罪呀？都掉茅坑儿里了还那么干净，瞧白得您嫩得您！您还知道是仰巴儿着舒服还是拱着舒服吗？

金穆蓉　（招架不住却不甘示弱）你，你才是蛆呢！往哪儿拱我也知道我们家门板的朝向，黑更半夜的，我不会睁着眼往人家门框里钻。

田翠兰　（愕然）有本事您，您再替我说一遍？

金穆蓉　（一字一顿）我说不过您，我没您那么多好听的，我就剩一句，有本事出广安门，回莲花池卖您的烂炕席去，别在这儿寒碜自个儿了。

关福斗　（震惊）周婶儿！您想骂人就骂您的，您怎么这么说话呀？！

周玉浦　（绝望）都少说两句，都少说两句呗，成吗啊？

王秀芸　（乞求）妈！您回屋里待着去吧？

田翠兰　（爆发）滚！好听的还在后头呢，谁想耳根子清净谁给我滚蛋！周玉浦，你现在就给我说清楚，你手里那钱是谁的？是我倒贴给你的，还是你老婆倒贴给你的，你老婆头一回是怎么个德性来着？你一个卖仁丹的，跑到贝勒府给大格格扎针灸，你扎人家大腿根儿里乱搅和你拔不出来了是吧！（怒视金穆蓉）我睁着眼往人家门框里钻，您闭着眼请人家往自己的大门儿里钻，您还有什么说的？还他妈说什么呀！

周玉浦 （崩溃）不说了，咱都不说了，姑奶奶我求求你们哩！

古月宗 （对关福斗）瞧见没有？东太后能格儿吧？再能格儿她也干不过西太后！家事类乎国事，东弱西强，这都是有说法儿的。

关福斗 （懊恼）成啦您！

〔关福斗赌气似的干活儿。金穆蓉冲进了屋子，田翠兰紧张窥视，防备对方反扑。苑国钟步履蹒跚地走来，用背架驮着茉莉花，挎着两个竹篮子，情绪极其低落。金穆蓉把十字架抱出来，落着泪往门框上钉，锤子屡屡落空。周玉浦拖开她，把锤子抢过去自己钉。田翠兰一阵风似的回到屋里，端出来一尊弥勒佛和一个木托子，在门框上找地儿。苑国钟僵在大门口，被吓坏了似的看看这个看看那个。

田翠兰 福斗！我把墙上的神仙薅下来了，你找个大钉子给我搋到门框上去，让他坐高高儿地往下看，看看谁还敢欺负咱们！

王秀芸 妈，您……

田翠兰 揣着你那孩子回屋儿去，等佛爷坐稳当了你再出来。

关福斗 （一脑门子官司）别人家的事儿您不让打听，自己家的事儿您总得让我打听打听吧？周婶儿刚才喷的那些脏话儿……

田翠兰 甭跟我提这个，轮不着你！

关福斗 您……

苑国钟 （有气无力却强颜欢笑）街坊跟我说，你们院儿那俩母的又掐上了。闹了半天没踩蛋儿，改修庙啦？还搭着半拉洋庙，小斗子，你先帮我把背架卸下来，（盯着十字架）吊那儿光不出溜那位，他是谁呀？

关福斗 （卸花盆，没好气）不知道！

苑国钟 谁惹着你了？

关福斗　您甭管！

苑国钟　一庙供俩神仙，没把你供起来，不乐意了？

关福斗　还是把您供起来吧！

　　　　［古月宗绕着棺材咪咪笑，苑国钟莫名其妙地看着他。关福斗和周玉浦踩梯子蹬凳子，好一通忙活，终于让耶稣和弥勒佛隔空对视了。苑国钟拎着篮子往伙房走，里面有中草药、酒瓶子、包肉的荷叶、芹菜梗儿和装杂粮的小口袋儿。他凑近弥勒佛，又怕挨揍似的绕开了。

苑国钟　您这姑爷今儿怎么了？

田翠兰　(搪塞)嫌我不给他雇小工儿，今儿卖得不错？

苑国钟　(沮丧)得不着正经票子，淘换点儿东西算了。

田翠兰　(欠身窥视篮子)咸菜都出去了，酒也没少卖？

苑国钟　(索性站住)家儿家儿都吃不起油炒不起菜了，下饭可不得就咸菜嘛。以前吃好的还落下毛病了，一啃咸菜疙瘩他就生闷气，怎么办呢？现成的！买完了我的咸菜接着灌我的酒。

田翠兰　花儿也出货了？

苑国钟　您琢磨呀，喝高了，花盆儿里戳两根儿筷子他都敢抱回家去。

田翠兰　脸儿都绿了还逗贫呐？一天没吃饭光喝酒了吧？

苑国钟　（打个酒嗝）剩下的卖不出去，拎着忒沉，都给拥肚子里了。我说，（轻声）您怎么又跟那格格干上了？

田翠兰　想在门框上钉一排骨架子妨我？门儿都没有！您近乎点儿瞧瞧，都露着呢吧？可她那个全是骨头棱子，我们光这肚子就顶他们浑身的肉了！

苑国钟　要是单论肥瘦，您这边儿也忒胖了点儿了。

田翠兰　我们还高兴呢！她请那位，愁眉苦脸的多寒碜呐！瞧我们，笑得多自在，往后他不干别的了，没白日儿没黑价地替我坐在这儿笑话他们。

苑国钟　（嘟囔）您真累得慌。

田翠兰　您说什么？

苑国钟　噢！我是说，他要是没笑话人家，他笑话您呢？

田翠兰　不能够！

苑国钟　笑归笑，眼神儿不对，您过来瞧，他笑话我呢。

田翠兰　您真是喝多了。

苑国钟　他笑得我瘆得慌，（走进伙房）砂锅给搁哪儿了？

田翠兰　水缸后头。

古月宗　（颤巍巍地凑过来）翠兰子，知道他笑什么呢？

田翠兰　一个坐着，一个站着，您说他还能笑什么？

古月宗　不对，那位可不是站着，他让人拿大钉子搛木头上了，倒了血霉了他。你们这弥勒佛跟我一个毛病，看见别人儿倒霉，想不高兴他不成，他想憋着不乐，把肚子都憋成鼓了，到了儿还是没憋住。

田翠兰　憋不住您脱裤子把它放喽，（愕然盯着伙房）您干吗呢？苑大哥！您想干吗？（冲进去把苑国钟拽出来）喝糊涂啦？您怎么拿菜刀切自己手指头啊？捏着，捏住喽！

苑国钟　（攥紧一根手指）没事儿，拉个小口子，不碍的。（朝聚拢的众人）你们该干吗干吗去！

王秀芸　苑叔儿！往后搭伙不用您上手切菜。

田翠兰　哪儿是切菜呀！他切了手指头往药锅里滴答血呢，这不是有病吗！

周玉浦　苑大哥，您让我看看，(发现金穆蓉瞪着他，连忙缩回去) 您心里有什么不痛快，您说出来！全都说出来，行吗?!

苑国钟　(笑容凄苦) 我没什么不痛快，我痛快着呢，我新弄一治痨病的偏方，熬药的时候得往里滴答几滴血，滴答几滴血，(眼睛里突然涌出了泪花) 我治不好儿子的病，我没能耐呀！我没辙了，可是我有肉有骨头有血，我有汗毛儿有头发，我想拿这条老命跟我儿子换！我就不信，我不信救不了我儿子的命。

王秀芸　(擦眼泪) 苑叔儿！

田翠兰　(难过) 您别着急，且到不了那一步儿呢。

苑国钟　(胆怯地看看楼上) 你们小点儿声儿，别让我儿子听见。他怎么哏哆我都成，我怕他恼了把药汤子泼地上。

古月宗　那也轮不着拉自个儿的肉，你弄个小鸡儿拉它脖子不齐了！

周玉浦　什么血都不行，得是一家子的才管用，直系的最好，(小心地瞟一眼金穆蓉) 这偏方我好像听人说过。

苑国钟　您几位都各忙各的去吧，待会儿我叫你们你们再围着我，劳驾您给让让，让我过去。

［众人默然四散。苑国钟打算回屋里去，中途停下来想了想，踏着梯子上了二楼，在栅栏门儿跟前好一阵儿犹豫，终于开口了。

苑国钟　江淼！我割了二两里脊，弄了点儿芹菜梗子，晚饭我给你炒肉丝儿，小淼子，你听见了吗？（屋里没动静）我刚才又上澡堂子求了人家一趟，掌柜的这回算是应下了。他还是怕老主顾嫌弃病人，不让咱们泡大池子，他答应让咱们洗单间儿的搪瓷盆儿，贵点儿就贵点儿吧。他们说那盆子给牛皮癣的使过，我捡了把韭菜叶儿，到时候我先把那椅子和盆子拿韭菜水儿给你涮涮，小淼子，你听见了吗？（还是没有动静，气馁了）儿子，你要不想让爸陪你去，爸给你雇个搓背的，爸在门口儿遛弯儿等着你……

［苑国钟狼狈地退下来，街坊们都不好意思看他。古月宗则喜气洋洋，蹲在墙根儿用铁钎子扎来扎

去。苑国钟进屋磨蹭了一会儿，捧出一尊关公的陶瓷塑像，放在水缸的青石板上了。

苑国钟 （郁郁寡欢）关帝爷圣明！那二位晾出来了，您也出来待会儿，（向塑像鞠了一躬）今儿是好日子啊！今儿霜降了，今儿是我……

古月宗 今儿是窝头会馆的主子要饭的日子口儿了！你们快围上去，围上去给他施舍呀。他断不敢拿菜刀拉你们，他得剩半个胆儿给自己留着。

苑国钟 古爷！求您一句，您能不能站到我跟前儿来？

古月宗 我要是不打算过去呢？

苑国钟 您还是过来吧，您让我掐死您得了！

古月宗 （指弥勒佛）瞧他那俊模样儿，都笑成什么了，我上人家脚底下猫着。

周玉浦 古爷，您就少说两句，成吗？

苑国钟 （坐在菜坛子上）我是一句都不想言语了，没力气了，（嘬手指头的伤口）谁都不容易！就那点儿房租，上个月还能买半袋儿白面呢，现在能买一小撮儿，够包俩饺子的了，还得是开水煮的不能是蒸饺，我都赶不及给大伙儿涨房钱！你们看着给吧，最好给我粮食，杂合面儿也行，黑豆面儿也行，您实在没的给，往我脸上啐口唾沫也行，我拿它当块儿干粮咽下去！反正我没法儿赶你们走。

田翠兰　（把准备好的钱放在关帝爷脚下）关老爷，钱太少拿不出手，还是您替他儿子可怜可怜这当爹的吧。

关福斗　（突如其来）妈！您还嫌给得少吗？树砸了房，硬逼我赔了他二十块，您怎么还给他呀！

田翠兰　一笔说一笔！你苑叔儿钻死胡同借了印子钱，咱欠谁的也不能欠他的，（对苑国钟）就这么多了，爱要不要，欠下的拿你们搭伙的煤钱和工夫钱顶了。

苑国钟　（谦卑）行！合适，我合适。

周玉浦　苑大哥，您过来我跟您说几句要紧的，是这么回事儿，（把苑国钟拉到石榴树底下）我跟我们那口子合计过了，这个月，这个月我们什么都不打算给您了。您爱信不信，我们把家底儿赔了多一半儿出去了！

苑国钟　（懊丧）您大点儿声儿说，我听不见。

周玉浦　（声音压得更低了）实话告诉您吧，我在西鹤年坐堂，我们家穆蓉在外边儿也没闲着。

苑国钟　（一愣，挥手让偷听的田翠兰走开）她，她，干那个了？

周玉浦　干、干哪个呀？

苑国钟　（不知道怎么比画合适）就、就那个？

周玉浦　（醒悟之后急坏了）暗门子？不是！您扯哪儿去了，执政府那时候，她不是念过两天儿洋人的护士学校么，咱们孩子小那会儿，穆蓉多爱打扮儿呀！花销上实在是撑不住了，抽不冷子也给人接个胎啥的，这半年儿实在是缺钱缺得心慌了，咬牙干了几回，最后这回，（哭腔儿）把人家那大肚子给弄拧巴了！

苑国钟　（不由也跟着压低了声音）上礼拜六，她把你们家能使的碗全给拽地上了，就为这个？

周玉浦　何止啊，也想拿碎碗茬儿切胳膊腕子来着，比您可邪火！

苑国钟　你们真的什么都不打算给我了？

周玉浦　真的。

苑国钟　你们总得让我舒服舒服吧？您给我俩嘴巴得了？

周玉浦　（一愣）我，我给您两块儿膏药，你看行吧？

苑国钟　行！怎么都行，（看着大门口外边）哎哟！立本儿，血里呼啦的怎么了你？！

王秀芸　妈！快看我爸，爸！

　　　　〔王立本挑着货郎担子，半个脑袋全是血；他晃晃悠悠，目光呆滞，像打瞌睡似的。众人呼啦一下围过来，把他搀到菜坛子上坐好。田翠兰使劲儿摇晃他肩膀，急得要哭了。

田翠兰　立本儿！你怎么了你！谁干的？你告诉我，我把那王八蛋脑瓜子揪下来！木头！你倒是说话呀，秀芸，快上屋里揪块儿棉花去！

关福斗　爸！我这儿有斧子！您告诉我是谁？谁！

王立本　（擦擦口水儿，十分平静）一大帮喜欢吃屎橛子的。

古月宗　得，让人给打傻了。

王立本　（慢悠悠的却出人意料）你他妈才傻呢，一伤兵吃我的炒肝没给钱，他说他吃着猪粪了。

苑国钟　那您就别跟人家要钱了！

王立本　我没要钱，我说对不起您，肠子没洗干净，您别打我您走吧，他待一会儿又回来了，招一群伤兵就着窝窝头把一锅炒肝全给舔干净了。

田翠兰　你心疼就骂人家来着？

周玉浦　不能吧？大哥一直是哑巴呀！

王立本　我说你们喜欢那味儿你们就吃吧，不要钱，界壁儿一卖大棒骨汤的，拿骨头喂他的小狗儿，小狗儿不吃，问我他养的这小畜生最喜欢吃什么，我没敢说它喜欢吃炒肝儿，我说您熬点儿猪粪喂它试试。

田翠兰　嘿！你不是找揍吗！平时你三脚踹不出个屁来。

王立本　（被人挽着往屋里走，平静地辩解）人家一听就受不了喽，我没说什么呀，我怕还怕不过来呢，就顺嘴儿哆嗦了一句。

苑国钟　您还想怎么哆嗦啊？您一句就把两条腿儿的哆嗦成四条腿儿了，您了不得了您，（又一次盯着大门口）牛大粪！站住，你给我站住！

［牛大粪跑到大树后边儿去了。苑国钟追出来准备开骂，一琢磨就泄了气。牛大粪嬉皮笑脸地挪出来，扎紧裤腰上的麻绳儿。

牛大粪　今儿您没忍心骂我？您心疼我那尿泡？

苑国钟　我不心疼那尿泡，我心疼这民国。

牛大粪　怎么的呢？

苑国钟　民国都多少年了？两条腿儿的国民不知道怎么拉撒。

牛大粪　（笑）它趁早儿别管我拉撒！我肚子饿得慌，您赶紧让民国给我弄点儿吃的吧，（神秘而兴奋地压低声音）您听说了没有，长春让人家给攻下来了！徐州那边儿也干上了，芝麻撒了一地还没来得及捡起来，这大西瓜，它眼看就得裂成八瓣儿了！

苑国钟　大西瓜裂开没裂开我不知道，我就知道黄局长他们家山墙让树给砸裂了。我借了印子钱刚给他们家砌上，一场秋雨下来又他妈裂开了。我现在不想干别的，我就想站当街上骂人，跳着脚儿骂大街！

牛大粪　（苦笑）您也就敢骂骂唔们这号儿的，您还敢骂谁呀？

苑国钟　你给我念念树上那副对子！

牛大粪　我不识字儿，您忘啦？那写的是什么呀？

苑国钟　想恶心恶心你大爷。

牛大粪　我没大爷，我们家六代单传。

苑国钟　这世上我就想掐死俩人儿，一个你，一个古……

牛大粪　（见古月宗踱过来）古爷！您老吉祥？您那曹锟这回可把我们哥儿几个坑苦喽！

古月宗　谁让这曹大总统喜欢后庭花儿呢！他不咬段祺瑞的脑袋他老闻人家的后身儿，能不输吗？自己那大夯都给卸下来了。

牛大粪　您吆喝那蛐蛐儿皇上到底逮着了没有？

古月宗　逮着了，（从怀里掏出葫芦罐）过来，给你瞟一眼。

牛大粪　（笑）您弄一傻大个儿当皇上？

苑国钟　（探头看）这不是一油葫芦吗？

牛大粪　可不是嘛，还是个母的，都挂零了。

古月宗　（得意洋洋）这你们就不懂了吧？大头，我撂个闷儿给你们俩猜猜，老娘们儿涮了老爷们儿，打一人儿。

苑国钟　还用得着猜吗？东屋的大格格。

古月宗　大格格她大姑妈的老姨的二奶奶的三舅母。

牛大粪　谁呀？

古月宗　慈禧！

牛大粪　这话儿怎么说呢？

古月宗　雌的不就是母的吗？洗不就是涮吗？一老娘们儿涮了满朝的文武老爷们儿，（扭头往回走）慈禧雌洗，让这雌的把大清国生生给洗皱巴，涮稀塌了，等我逮个公的立马儿把她给换喽。

苑国钟　民国也稀塌了，涮它的可全是老爷们儿。

古月宗　母的折腾够了，公的，就不兴往回找补找补？

牛大粪　找补得也忒大发了，（发现肖启山走来却并不惊慌，很有底气地对苑国钟）瞧那老丫挺的，又憋坏呢，我先颠儿了。

〔肖启山依旧沉稳，却流露了难以掩饰的茫然。苑国钟胆怯而麻木，一副死猪不怕开水烫的样子。肖启山为牛大粪和粪车让路，口气平淡而温和，像换了一个人。

肖启山　牛子，得紧着走了，你再磨蹭安定门城门就关啦。

牛大粪　知道。

肖启山　去不成粪场就回来，上后院儿棚子里忍一宿。

牛大粪　不去，（离开）您那狗太凶，我怕它咬了我。

肖启山　（苦笑摇头，对苑国钟）瞧见了吧？天还没塌呢，一个个后脖颈儿都支棱起来了。

苑国钟　我就没见您跟手下的力巴儿这么和气过，（佯装往对方身后左右打量）您的头发丝儿也支棱起来了吧？

肖启山　你胡踅摸什么呢？

苑国钟　您没带俩巡警过来，没打算把我铐走？

肖启山　我至于吗？不就是点儿印子钱吗，这回还不上等下回，咱俩谁跟谁呀，还能没商量？你真以为，我跟马路对过儿那徐保长似的，动不动让巡警拎着盒子炮跟着他绕世界催钱去？那种事儿我不干。

苑国钟　您是比那姓徐的仁义，可您站在这台阶儿上打个呼哨，杂种猫不算，光野狗就得跑过来一百多条！倒真是不怎么叫唤，拎着大棒子瞪着你，谁受得了啊？

肖启山　（笑）那也得是把我惹急了，我跟街坊不玩儿这套，都是老实人，禁不住吓唬。说点儿正经的吧，别这儿晾着了，咱先进院子里去。

苑国钟 （挡住去路）拿疯子冲喜的事儿别提，我儿子恨不能吃了我。今儿您要再提这事儿我就疯了！小斗子是假的我是真的，我现在就疯。

肖启山 （搂住对方）我来就是为冲喜的事儿！可不是给你儿子冲喜，是给个大户人家冲喜。

苑国钟 您打算拿谁给人家冲喜呀？

肖启山 拿你呀。

苑国钟 ……

肖启山 （大笑）咱们进去说进去说！

〔众人听到动静，陆续聚拢到院子中间，露出巴结的笑容。肖启山点头寒暄，发现了门框上的摆设。他朝耶稣画了个十字，朝弥勒佛双手合十，给关帝爷作了个揖，就势坐到菜坛子上。

肖启山 你们别这么瞧着我，怪吓人的。今儿我不跟你们要钱，你们都笑得自在点儿，你们自己出去看看去，从西单牌楼到西四牌楼再到沙滩儿，游行的人挤了满街筒子，跟糨子似的，汪汪汪汪，扯着脖子叫唤的就六个字儿，（掰手指头）反——对——苛——

　　　　　　捐——杂——税！

周玉浦　（谦卑）他们游他们的，我们不去汪汪去，我们都是顺民。

肖启山　（讪笑）你去不去都没人儿拦着你，也没人儿拦着你沾人家的光，你们上捐的日子往后推了。

田翠兰　（窃喜）是吗！推到哪日子口儿了？

肖启山　等他们闹腾完了再说。

金穆蓉　肖保长，他们要是老也闹腾不完呢？

肖启山　（一愣）那么大个儿的太阳，它要是死活都想从西边儿冒出来，一时半会儿又没人摁得住它，（在怀里掏东西）那就随人家的便儿了，爱怎么着就怎么着吧，（掏出了几张白纸）它还能怎么着啊？各位听好了，娘们儿都回屋里忙自己的去，剩下的我叫着谁谁站到我跟前儿来，苑国钟！

苑国钟　我？

肖启山　别愣着！站过来，王立本、周玉浦、关福斗，行了！就你们这几个脑袋足够，弄多了倒显得不真著了。

古月宗　（不知何时爬到棺材里去了，突然冒出头来）慢着，还有我呢！

肖启山　（吓了一跳）没您的事儿！您眯一觉儿再出来。

苑国钟　这是要干吗呀？拉出去枪毙去？

肖启山　（开涮）枪毙多可惜了儿啊！枪子儿那么金贵，一人儿就给你们一张薄纸片子，坐下来把它给我填满喽。周玉浦，你有学问，你替他们把这几张表格填上字儿。

周玉浦　什么表格？

肖启山　免你的捐。

周玉浦　（喜出望外）哎哟，我这就拿我的笔去！（走到中途发现笔就在身上）我来填！我来帮你们填，我这是派克笔，好使着呢，（在水缸旁边坐下，兴奋地看着表格，愣住了）肖、肖保长！这是怎么回事？这、这不是免捐的买卖呀！

关福斗　周叔儿，那格子里都写什么了？

周玉浦　入党表格。

苑国钟　入人人，人谁？

周玉浦　入国民党!

　　　　［大家都呆住了，女人们从屋子里向外张望。王立本一边儿捏窝头，一边儿凑近表格闻了闻。肖启山表情坦然，摆弄着鼻烟壶。

苑国钟　肖保长，这是怎么回事儿?

肖启山　我不是跟你说过了吗，要给个大户人家冲喜。

苑国钟　您绕这么大弯子，想把哥儿几个领到哪沟里去啊?

肖启山　咱谁也别藏着掖着的了，除了屁股朝天有眼儿无珠的，谁都能看出来，这民国弄不好要玩儿完。你说那话，死马当活马医，抓一把活食儿当药引子给它冲冲喜，真说不定翻个身它就坐起来了，（冷笑）不是我难为你们，是区党部那帮孙子的主意，我照办。

苑国钟　合着，合着是让我们给咽气的主儿当丫鬟去?

肖启山　（继续开涮）你们要觉着委屈，就当自个儿是后宫里的妃子得了，皇上要驾崩了，把你们的臭脚巴丫子杵他胳肢窝里让他凉快凉快，没你们什么亏吃吧?

苑国钟　这要不叫吃亏，还有什么叫吃亏呀？我爸爸都没舍得让我陪葬，我陪他们地底下玩儿去？找死我会，还没到日子呢！您赶紧把那表格，把这一沓子纸钱儿拿别人那儿烧去得了。

肖启山　（竭力克制）苑国钟，你揣着一肚子明白跟我这儿装糊涂，你是时时处处见着谁跟谁抖机灵儿，你装傻装得自个儿都回不去了，你是个大傻子了你知道吗？

苑国钟　我是大傻子您不是，您甭管是不是您都肯定不是装的。

肖启山　（运气）你就变着法儿骂我吧！你不填没关系，我找人替你填，反正我得跟上头交差去，我不能难为了自个儿，（突然抽搐了一下）小斗子！你想干吗？你别抽！别在这儿抽！你别躺地上吓唬我，一看你眼神儿就不对劲，（又抽搐了一下）害得我都想抢你前边儿嘚瑟了！

关福斗　（憨笑）我不抽风，我师傅抽风！镰刀锤子党让他入他抽，青天白日党让他入他还是抽，芝麻绿豆党让他入他接着抽，我干活儿去了。你们爱怎么填就怎么填，反正我什么都不入。

肖启山 （嘟囔）那就入你媳妇儿去吧，玉浦，填字儿啊！

周玉浦 （胆怯四顾）苑大哥，要真能给咱们免捐，填就填吧？不就是一张纸吗？（朝东屋大声）穆蓉！我可填了啊？（没有动静）信仰？信仰这一栏儿，肖保长，您看我填"悬壶济世"合适吗？

肖启山 "三民主义"几个字儿你不会写？

苑国钟 你还是填"起死回生"吧，（侍弄茉莉花，自言自语）你不是吹牛，你那膏药贴心口上能起死回生吗？你把它们浇上醋抹上黄酱拌上辣椒面儿吧唧给它糊到……

周玉浦 （高声）子萍？穆蓉，咱闺女回来了！

［周子萍挎着鼓鼓囊囊的书包，挟着几本书，急匆匆地进了院子。她充满青春活力，脚步富有弹性，大大方方地跟街坊们寒暄。金穆蓉冲出东厢房，立即放缓脚步，不想让焦灼的心情泄露出来。

周玉浦 （掏手绢为女儿擦汗）今儿怎么想起回家来了？

周子萍　去琉璃厂买点儿文具，顺道儿回来一趟。

周玉浦　可别随着人家游行去！九号小簸箕哥儿俩上街看热闹儿，让警备司令部的水枪把眼珠子给滋了，都今儿了还瞧不清人影儿呢。

周子萍　我明白您意思！我不去游行，妈，您给我凉碗白开水，我待会儿喝，（兴致勃勃地踏上木头楼梯）江淼哥！江淼哥，你开的书目我都给你借来了！

金穆蓉　子萍你等一等！

周子萍　（停在楼梯拐弯处）妈！

金穆蓉　（心平气和）孩子，妈跟你说过多少回了？你不是小丫头儿了，说话办事要稳当。有什么事儿不能站在底下说，非得凑人家跟前儿去？

周子萍　我给江淼哥带书了。

金穆蓉　你回回给人家带书，你是谁雇的碎催子呀？

周子萍　妈！

金穆蓉　人家自己就不能下来取吗？赶紧把东西搁下，几粒儿唾沫星子都能染上痨病，你凑那么近不是自找是什么？咱们又不是瞧不起谁，也不是成心跟谁过不去，你苑大爷和江淼哥哥他们都懂这个道理。

〔苑江淼开锁，偎着栅栏门轻轻咳嗽。他拎着一个同样鼓鼓囊囊的书包，始终面带微笑，友善地注视着周子萍。周玉浦心绪不宁地填表格，苑国钟放下花盆，注视着儿子的一举一动。

苑江淼　子萍，你把书包放楼梯上，先退下去。

周子萍　（往上走）江淼哥……

金穆蓉　（厉声）子萍！

苑江淼　听话，你先下去吧。

周子萍　（放下书包和书籍，哀伤）江淼哥，你脸色不好，你太累了！我觉得你不能再这样看书了，你……

苑江淼　我没事，什么事都没有，看书累不着我。我真的不累！别担心，你先下去，等我把上回借的书搁下，你再上来拿，别惹父母生气。

周子萍　（倒着退下去）我明白。

苑江淼　我的读书笔记大家都看了吗？

周子萍　大家传看了，都觉得好极了，文笔非常精彩，大家都很佩服你！

苑江淼　你替我给大家带好儿（交换书包之后，也倒着身子往楼上退）我不会耽误时光，我向你们保证，我一定做好我还能胜任的事情，（意味深长）要抓紧一切时间好好读书。

周子萍　（重返原处，拎起对方搁下的书包）江淼哥，你注意身体！看书看累了一定要好好休息，（突然想起什么，掏出一沓钱想送上去）你等等！这是学生自治联合会为你捐的款，给你治病用的。

金穆蓉　（高声）子萍你给我站住！

苑江淼　（几乎与金穆蓉同时大声喝止）你不要上来！下去，我早就说过，我不要任何捐款！拿回去！你下去……

周子萍　（被对方突如其来的恼怒惊呆）都是同学的心意，有你们铁道学院学生会捐的，也有我们师范各年级的同学捐的，大家凑这些钱，就是想帮帮你。

苑江淼　（缓和口气）我很好，真的很好。你把钱拿回去，那么多同学欠伙食费，稀粥都喝不饱，我怎么能要他们的钱？（咳嗽加剧）拿回去，还给人家，要么送给最需要的人。子萍，（深情凝视）替我谢谢大家！

周子萍 （目光湿润）我明白。

［苑江淼反身走向栅栏门，周子萍依依不舍地退下来。苑国钟盯着姑娘手里那沓儿钱，下意识地几乎是贪婪地朝她凑过去。

苑国钟 子萍姑娘。

周子萍 苑伯伯，（发现对方盯着自己的手，突然醒悟）苑伯伯，江淼哥不收，您替他收下吧？

苑国钟 这怎么好意思拿呢，（死盯着钱不放）真怕烫了手。

周子萍 您就收下吧！您家里有大亏空。

苑国钟 那我就不好意思了，（抢夺似的把钱抓了过去，两只手紧紧攥着，神经质地连连鞠躬）谢谢！谢谢！你替我谢谢菩萨们！谢谢大伙儿！

苑江淼 （高声）放下！（抓着栅栏门剧烈咳嗽，平复之后依旧难抑懊恼）爸爸！您把钱还给人家，（喊叫）听见没有？快还给人家！

［空气凝固了。苑国钟紧紧攥着钱，像抓着几根救命的稻草。他半天挪不动步子，跟跟跄跄地走近楼

梯，可怜巴巴地仰视着儿子。

苑国钟　儿子……

苑江淼　（尽量保持平静）您把钱还给子萍。

苑国钟　（嗓音沙哑）儿子……

苑江淼　您不把钱还给人家，（激动）我就不是您的儿子！

田翠兰　小淼子！

苑江淼　您不用管，这是我们父子俩的事情。

苑国钟　钱还热乎儿着呢，（怯生生）这是好心人捐给咱们的。

苑江淼　（克制）那是捐给我的，不是捐给您的。我想把它还回去就必须还回去，您不能说拿就拿。

苑国钟　你的，不就是我的吗？

苑江淼　您的是您的，我的是我的，（情绪逐渐失控）爸爸！您的眼睛里除了钱还有什么？我求求您了！请您把那钱放下吧，您紧巴巴地攥着人家的钱干什么？那是人家的钱！

苑国钟　攥着怎么了？这钱，这钱它还能不干净？

苑江淼　我怕它沾了您的手不干净！

苑国钟 （双手颤抖）我……我……

田翠兰 小淼子，不能这么跟你爸爸说话！

苑江淼 （苦笑）我还能怎么说话？爸爸，您告诉我，（指着身后的屋子）民国十六年，租房子住在这儿的那位教书先生是什么人？

苑国钟 韩先生是赤党。

苑江淼 韩先生是怎么被抓走的？

苑国钟 有人来抓他，他就给抓走了，把我也捎带上了，（急于辩解）我就替他往邮局送过几回信，我没干过别的，古爷知道，你立本儿大爷和肖老板他们都知道！

苑江淼 您平平安安回来了，（咳嗽）可人家被枪毙了。

苑国钟 （焦灼）他是赤党！人家毙的就是赤党！我不是赤党，我可不是得回来吗，人家毙我干吗呀？

苑江淼 那笔钱是哪儿来的？您为什么一直瞒着不肯说？

苑国钟 （苦苦挣扎）我，我，你别听人家乱嚼舌头！乍穷乍富都免不得给人说闲话，穷了笑话你活该，富了咒你遭报应，你爸爸里外都是清白的，我没干过对不起人的事情!

苑江淼　可是过后您买了这个宅子!

苑国钟　(一时语塞)我……

苑江淼　(忧伤而轻蔑)您还想说什么?

古月宗　(突然从棺材里冒出头来，充满喜悦)苑大头!你说给大伙儿听听，那几百块现大洋哪儿来的?是人家赏你的，还是从地底下挖出来的?

苑国钟　闭上您那豁牙床子!那钱是我自个儿挣来的!

古月宗　扯!你在烧锅背了半年酒糟，在六必居洗两年萝卜，进我这院子的时候你是一穷光蛋!那钱要是赏你的算你有福儿，要是抢来的算你胳膊根子硬朗，(哧哧笑)要是从我们家地底下刨出来的，听好喽，你得一五一十给我吐出来!

肖启山　(把对方按回棺材)您再躺回去眯一觉，能不醒先别醒了。

苑江淼　(极度疲倦)从我懂事儿起，您嘴里永远是钱、钱、钱!催着人家要钱，躲在屋儿里数钱，为了钱您跟街坊计较翻脸吵架，做梦您都惦记着钱。

田翠兰　小淼子！街上是个人就这揍性，你爸爸他没什么错儿！

苑江淼　（轻声）烂透了，里里外外都烂透了。

苑国钟　没有钱，我拿什么养活你还供你上学？

苑江淼　钱的来路不正，我宁愿当初您把我扔到城墙根儿去！

苑国钟　（站立不稳）儿子，你这么说话是想要我的命！

苑江淼　我念您的养育之恩，我愿意叫您一声儿爸爸，（抬高声音）爸爸！请您把捐款还给周子萍，还给我那些同学。世上不是就您一个人等钱用，求求您了，赶快还给人家！

〔苑江淼见苑国钟没有反应，径直走下楼梯，一言不发地去抢夺父亲手里的钞票。苑国钟神情恍惚，死死攥着钞票不撒手。父子俩挣巴起来，田翠兰和周子萍等人上去劝解。

苑国钟　（哀求）别跟我抢，爸爸指着这钱呢！

田翠兰　撒手！都撒开手……

苑国钟　儿子，我得拿它开方子救你的命啊！

周子萍　江淼哥！你别这样，让大伯收下吧！

〔苑江淼情急之下给了父亲一个耳光，钞票落叶似的撒了一地。众人惊呆了。苑江淼猛然清醒，被极度的痛苦、内疚和无奈给摧毁了。

苑江淼　（轻声，抱歉似的）我不想治病了，我盼着我死！我死了，就再也用不着花您的钱了，您的钱上有血，（向楼上飘去）对不起，对不起您。

苑国钟　（悲痛欲绝）儿子！

〔苑江淼影子一般飘回屋里去了。苑国钟歪着肩膀不动，田翠兰上前劝慰，却转身揉起了眼窝儿。肖启山检验填好的表格，频频挑剔。一片静寂之中，肖鹏达悄无声息地溜进了院子。他玩世不恭地看着大家，用偏执的目光盯住了周子萍，像盯住了一个猎物。金穆蓉用身体挡住女儿，示意她赶紧回屋去。

肖鹏达　周婶儿！您别跟我打马虎眼，我看见周子萍了！
肖启山　小达子，你来干什么？
肖鹏达　（不看父亲）没什么急事儿，您先忙您的。
肖启山　没事儿家待着去。

肖鹏达　我溜达溜达就走。周子萍,你还认我是谁吗?

周子萍　……

肖鹏达　自打我从监狱里出来,你为什么老躲着我?上学校打听你去,都说你不在。堵在胡同口等你,你也老不回来,(笑)我又不是社会局的探子,更不是保密局的特工,我就是军需仓库里一看家的耗子,——一个芝麻粒儿大的贪污犯,你说你们怕我干什么呀?

金穆蓉　(紧张)子萍她,她学校功课太忙了!

肖鹏达　(笑)忙?忙着上街游行呢吧?

肖启山　小达子!跟老街坊说话别没轻没重的!

肖鹏达　我知道!您那是大事儿,您忙您的,(走近金穆蓉)周婶儿,您也不能太势利眼了吧?我没进去那会儿,您三天两头儿上我们家套近乎儿,您图什么呀?

金穆蓉　(尴尬)我……

肖鹏达　您含着一嘴蜂蜜夸我,那些话我可都记着呢,一想起来我就堵得慌!

金穆蓉　我跟你母亲是教友,夸你两句是客套,我,我没有别的意思。

肖鹏达　您没有我有！实话告诉您吧，我在里边儿谁都不想，就惦记一个人，（朝周子萍指着自己的太阳穴）要是没她那张脸蛋儿在这儿陪着我，我早就死在牢里了。（转身走向父亲）爸！我那宝贝姐姐又发疯了，抱着您的青花瓶子使劲儿往墙上拽。

肖启山　（大惊失色）你说什么?!

肖鹏达　您别着急，我替您夺下来藏好了，爸，这些老街坊一个个愁眉苦脸的，这是打算给谁出殡呢？

古月宗　（再次从棺材里探出头来）达子，往这儿瞧！

肖鹏达　古爷！您这老棺材瓢子还活着呐？

古月宗　等你呐小子！过来，我让你睖睖什么叫皇上。

肖鹏达　您别吓着我，这一地金圆券是谁的？苑叔儿！您这脑袋比我进去那会儿得缩了大半圈儿，您怎么了？您眼珠子怎么红啦？

古月宗　（幸灾乐祸）他觉着自个儿忒冤得慌！

肖鹏达　冤？您有我冤吗？都是倒卖美军的剩余物资，仓库主任把吉普车和炮弹给卖了什么事儿没有，我就卖了二十几个轮胎，临了儿都算我头上，他们生生就把我给装里边儿去了！苑叔儿，您说我冤不冤？您，您这是，（惊恐地往后闪身子）您想干吗？

苑国钟 （直眉瞪眼地转向田翠兰）我儿子刚才干什么来着？

田翠兰 苑大哥……

苑国钟 他，他是给了我一大耳贴子吗？

田翠兰 （伤心）您别跟孩子计较，他是让病给拿的。

苑国钟 （手里捏着仅剩的一张纸币不肯撒手）这钱热乎儿着呢，它真让我心疼！您说我寒碜不寒碜？儿子扇我的脸巴子，不觉着怎么着，就是心疼！我脸皮厚，抽我就抽我了，可我就是心疼！

周子萍 苑伯伯……

王秀芸 苑叔儿……

〔两个女孩子哽咽了。突然，传来隆隆的炮声，所有人都被吓得矮了矮身子。苑国钟的目光在天上搜寻，急等着要发泄了。

肖鹏达 这是吓唬傅作义呢，是共军打的空炮。

肖启山 是国军的炮吧？像是给咱们壮胆儿的。

田翠兰　（恐惧）谁的炮也是炮,那炮弹掉谁怀里谁得抱着!

苑国钟　（仰天大吼）朝这儿掉!掉我怀里来!使劲儿砸呀!往黄局长他们家山墙上掉一颗!砸烂了它!谁他妈爱赔谁赔,省得我赔他了!

金穆蓉　（恐惧地画十字）您积点儿德吧?炮弹再真掉下来!

苑国钟　（歇斯底里）我就怕它不掉下来!朝我脑袋上掉,替我把窝头会馆端到天上去!谁爱啃窝头谁把它拿走,老子不要啦老子噎着了!来个脆巴儿的,砸我呀您倒是!

周玉浦　（捏着一张表格,缩着脖子凑过来）苑大哥,信仰这一栏儿,您看我给您填什么合适呀?

苑国钟　（想都没想）钱!

周玉浦　您,您说什么?

苑国钟　问我儿子去。

　　［炮声平息下去了。苑国钟耗尽了力气,像个孩子一样抽搭起来。棺材里的油葫芦嘟嘟地低鸣,口琴声从楼上飘逸而出,短暂的戏谑之后奏出了深深的忧思与悲伤。众人凝立不动,大幕迅速地拉严了。

第三幕

一九四八年冬　大雪　黑夜

[口琴曲随着大幕的开启而逐渐消失，传来咚咚咚的敲打声。树干上的对联残缺不全，只剩了"日你大爷"几个烂字。院子里满目萧瑟，灯火尽熄，只有东厢房和苑江淼的屋子透出微弱的烛光。棺材刷好了大漆，躺在老地方咚咚作响，伴随着古月宗朦胧的喊叫声。

古月宗　让我出去，行啦！我不在里边儿待着了，忒凉快了！受不了了，放我出去呀！苑大头，我憋不住尿了！你可别寒碜我，来人呐！救命，苑大头杀人啦！

关福斗　（冲出屋子）来了！古爷，您怎么又钻进去啦？

王秀芸　（挺着大肚子跟出来，拎着灯笼）盖子冻上了吧？妈！妈！您睡了没有？您出来给搭把手儿，小斗子一人儿挪不动！

田翠兰　（睡眼惺忪地跨出屋门，裹着棉袄发抖）这老不死的又犯病啦？他怎么越不想死越作死呢？（挪棺材盖子）明儿你们给这棺材盖儿安把锁，自要他活着就别让他看见钥匙，等他死了再打开把他搁进去。

古月宗　（狼狈地从缝隙中钻出身子）苑大头杀人啦，我里边儿躺好好儿的，正听皇上叫唤呢，他上完茅房打边儿上过，就手儿把盖子给我捂上了。

田翠兰　他跟您逗闷子呢。

古月宗　有他这么逗闷子的吗？想逗闷子钻进来躺我边儿上啊？他这是想憋死我！

田翠兰　您以为他自个儿不想死呐？他的印子钱利滚利还不清了，肖阎王明儿天一亮就来拿他的房契，他心里不痛快，您就别跟他计较了。

古月宗　他再不痛快他也不能不让我痛快呀！你还别说，（笑）里边儿待着就是比外边儿待着暖和，快搀我一把！翠兰子，你刚才说什么来着？

田翠兰　我说给棺材安把锁，省得您没事儿老进去挺尸去，唔们没那闲工夫陪您玩儿这个！

古月宗　（一本正经）别安锁了，你们给我安俩合页吧。

田翠兰　（目瞪口呆）您说什么？

关福斗　安哪儿啊？

古月宗　（踢一踢棺材的头顶板）安这儿！小斗子，你把这板儿给我拆了，再比着给我做一门儿，安俩合页，俩合页够了吧?

关福斗　您说胡话呢吧?您是不是刚才憋在里边儿给吓着了?

古月宗　可不是给吓着了嘛!吓得不轻,我躺在那儿一琢磨,要是在地底下醒过来了,没门儿我怎么出去呀?求阎王爷现安一门儿?他忙得跟三孙子似的,万一顾不上我把我给忘了呢?我不是就再也出不来了吗?

关福斗　您要想出来进去方便,您让我打这口棺材干吗?

田翠兰　可不是嘛!您找两块门板一夹把自己填巴了多省事儿啊?想什么时候出来什么时候出来,横着打个滚儿就齐了。

古月宗　你们不要剩下的工钱,我可不能不要这个门!

关福斗　(无奈)那,那我就给您弄个门儿?

王秀芸　(嘟囔)合页钱和工钱,您得另添。

古月宗　合页要是安反了,我一个子儿都不给你们!门儿得往里边儿开,朝外边儿开让土挡着我还是出不来呀,(突然听到棺材里油葫芦叫唤,急忙从怀里掏出葫芦罐儿查看)嘿!这奔拉孙儿,怎么不打招呼就出宫了？小斗子，（把上半身儿扎进棺材）小皇上跟太上皇抢棺材了，赶紧帮我逮它！

田翠兰　秀芸，快屋儿里去，小心冻着肚子！

王秀芸　唉，您也睡去吧。

田翠兰　（捡起簸箕走进伙房撮煤，怪叫一声蹿出来）谁！谁，谁在里边呢？

关福斗　妈！您怎么了?!

［苑国钟从伙房里挪出来，极其落魄却装出几分愉悦，不时掏出酒瓶子灌一口，嘬着一枚生锈的大钉子当下酒菜。田翠兰朝关福斗摆摆手，后者返回棺材帮着逮油葫芦，连连朝这边儿窥视。

田翠兰　您干吗呢？

苑国钟　拿后脊梁贴你们家灶台儿热乎热乎。

田翠兰　您屋儿里没生炉子？

苑国钟　我生不起炉子了。

田翠兰　嗨！我不是招呼您先使我们家煤吗？

苑国钟　使着呢，（扭头看着楼上的烛光）我儿子暖暖和和的，使着你们家煤呢。

田翠兰　苑大哥，您乐乐呵呵的，天塌不了。

苑国钟　天塌不了，可是地陷下去房子塌了，（笑得极其灿烂）我跟着一块儿掉下去了，爬不上来了。

田翠兰　您给自己屋儿里笼个火，早点儿睡吧。

苑国钟　翠兰子，想给您托付个事儿。

田翠兰　您说。

苑国钟　我要哪天成了倒卧儿，小淼子吃的住的，您费心给担待着点儿。

田翠兰　（难过）您胡说什么呀？姓肖的真要您走？我招呼大伙儿给您垫房钱。

苑国钟　你们甭管我，我怎么都能对付。天儿这么冷，我儿子得有个暖暖和和歇着的地方，可别冻着他。我付不起他的药钱，你们也付不起，甭给他治病了，别冻着他就行！您听他咳嗽的，他撑不了多少日子了，（潸然泪下）你们老街坊行行好儿，别让我儿子冻着，让他暖暖和和多看两天书。

田翠兰　您放心，您想开点儿！

苑国钟　我儿子没旁的嗜好，他就喜欢看书，他老跟子萍坐在梯子上，念叨书里看来的那些事儿，犯人给砍了头，血溅了一地，爹妈领着病孩子拿馒头去蘸血，拿蘸了血的馒头喂孩子吃，吃了治孩子的病！

田翠兰　苑大哥，您别钻了牛犄角出不来！

苑国钟　我琢磨着，要是能治好我儿子的病还不用花钱，真不如把我的脑袋砍下来得了，让他蘸我的血浆子，就着干粮吃下去。

田翠兰　别喝了您！快屋儿去，躺着唖吧去，啊？

苑国钟　翠兰子。

田翠兰　您还想说什么？

苑国钟　（憋着一肚子话）我，你，我……

田翠兰　（神色不安，轻声）有什么话咱明儿再说，我姑爷看着咱们呢，我屋儿去了，您也早点儿歇着吧。

〔田翠兰回了西厢房，关福斗也进屋去了。古月宗鬼魂似的围着棺材转悠，苑国钟则围着大门口转悠，百无聊赖地看匾看天看树。周玉浦裹着被子哆哆嗦嗦地跑出屋来，伸着脖子朝胡同口张望。

苑国钟　一晚上跑好几回，等相好儿呐？

周玉浦　说好了今儿上她舅舅家，到现在也没见个人影儿，快把她妈给急死了！

苑国钟　等闺女还用得着点上明火？交房租你们没钱，你们有钱点蜡烛。

周玉浦　穆蓉就着亮儿念洋经呐，（凑近）一边儿念一边儿吧嗒吧嗒掉眼泪，我问她哭什么呢？嘿！她告儿我，摩西领着人出埃及了！

苑国钟　摩西是哪位？他想领你们大格格和子萍，上城外头躲躲去？

周玉浦　躲不远儿！她舅舅住东直门以里，您让我也来一口暖和暖和？

苑国钟　（递酒瓶子）以为你们能躲哪儿去呢！那不跟家门口儿一样吗？小达子骑他那凤头一眨巴眼儿就踪过去了。

周玉浦　子萍有俩表哥，凑一堆儿壮壮胆儿吧，您说天底下有这么不讲理的吗？子萍压根儿就没看上他，他老假门假氏儿地跟唔们商量怎么办喜事儿，您说吓得慌不吓得慌？

苑国钟　我倒没觉着吓得慌，我噎得慌，你们欠了我房租不算，还变着法儿糊弄我，往后你们糊弄人家试试？

周玉浦　（呛着了）霸占您几块碎砖头不算什么，赶明儿拧胳膊撅大腿霸占呣们大活人那才真叫惨呢！我陪孩子她妈念经去了，您留神！留神！您留步儿，留步儿。

〔苑国钟踱到关帝爷跟前，掸掸浮尘，古月宗哧哧笑着凑过来。

古月宗　苑大头，活该你倒霉，你把皇上给得罪了。

苑国钟　我知道皇上是谁呀？

古月宗　（拍拍塑像）西北风飕飕的，你就不该把关老爷搁到外头，你冻着他了。

苑国钟　那两位露着肉的不怕冻，他穿着铠甲呢他能怕冻？就算我把他得罪了，跟皇上有什么关系呀？

古月宗　知道他这手的刀是谁的？这手的元宝是谁的？

苑国钟　谁的？

古月宗　皇上的！普天下的皇上就趁这两样儿东西，想给谁钱给谁钱，想给谁一刀给谁一刀！皇上不给你钱你千万别自己上来拿，皇上给你钱你嫌少也别自己上来拿，你自要伸手拿就给你一刀，你就得老老实实等着皇上赏你。

苑国钟　我要是不拿那钱，我伸手拿皇上那刀呢？

古月宗　拿不着挨皇上一刀，拿着了给皇上一刀，一刀下去钱就是你的了。

苑国钟　（端详塑像）皇上就这两样儿好东西，怎么全到他手里儿去了？也没见他给皇上一刀呀？

古月宗　要不说给他修那么多庙呢，哪个皇上都喜欢他！他压根儿不拿这两样儿东西当自个儿的东西，谁拿皇上的钱他给谁一刀，皇上让他给谁一刀他就给谁一刀。

苑国钟　皇上让他给了我一刀，您的意思，是这个吗？

古月宗　就这意思！要不怎么钱也没了，房也没了呢？还不赶紧把他请屋儿里去，别冻着他啦。

苑国钟　他都给我一刀了，我不冻着他我冻着谁呀？我就冻着他，我把他冻出脾气来，让他就手儿也给您来一刀。

古月宗　（笑）嘿！小子你等着！你倒血霉的时候儿在后头呢，（向楼梯挪去）你好歹也是窝头会馆的皇上，现而今你两手空空什么都没了。苑大头，本太上皇开导开导你，抢不着刀把子你就干脆认输了吧。

苑国钟　我要是不认输呢？

古月宗　耍胳膊根儿你不是人家的个儿。

苑国钟　（看着古月宗上楼）您张嘴儿皇上闭嘴儿皇上，您最服气的是哪个呀？

古月宗　一闭眼几百个蛐蛐儿乱蹦，说不准是哪个。

苑国钟　是起头儿那顺治吗？

古月宗　他老顺着人家就让人家给治了，这不行。

苑国钟　是道光皇帝？

古月宗　家底儿不厚偷点儿得了，非得给盗光喽！这更不成。

苑国钟　那光绪呢？

古月宗　别跟我提这位，又没里子又没面子，光剩下棉絮了！

苑国钟　您喜欢乾隆的字儿，是他不是？

古月宗　你瞧见小达子那脚踏车了没有？前轱辘都笼了，后轱辘还不定得歪到哪个姥姥家去呢。

苑国钟　您干脆喜欢我得了。

古月宗　给我玩儿去，袁大头那孙子是个短命鬼呀！

苑国钟　您还哪个都看不上？

古月宗　逮不着好蛐蛐儿，玩玩儿油葫芦得了。

苑国钟　那是，玩儿谁不是玩儿呀！

〔俩人叽叽咕咕逗着闷子，回到各自的屋里去了。风声萧瑟，没有别的动静。田翠兰悄悄跨出房门，从伙房里端出一筐劈柴和煤块儿，蹑手蹑脚地钻进了苑国钟的屋子。关福斗暗中窥视，按捺不住地跳到院子里，似乎要冲上去捉奸了，却气馁地去轻轻拍打岳父的窗户。王立本睡眼惺忪地钻出半个脑袋，一副傻到了家的样子，接话慢吞吞的，却透出了无尽的明白。

关福斗　爸！我妈呢？

王立本　被窝儿里呢。

关福斗　您摸摸她在吗！

王立本　在呢。

关福斗　在哪儿呢？

王立本　在被窝儿里呢。

关福斗　（急了）在谁的被窝儿里呢?!

王立本　你知道?

关福斗　在我苑叔儿的被窝儿里呢!

王立本　知道还问我?

关福斗　不是头一回了！您不知道?

王立本　不知道。

关福斗　我妈钻哪被窝儿您不知道您都知道什么呀?

王立本　你老丈人他姓王。

关福斗　您还知道什么呀?!

王立本　他排行老末，前边儿有七个兄弟。

关福斗　（被噎住了）您……

王立本　回屋儿睡觉去。

〔关福斗在屋子里蹿进蹿出，乒乒乓乓地收拾木匠家什，与追出来的妻子挣巴在一起。田翠兰匆忙地系着衣扣，与苑国钟先后挪出屋子，邻居们也陆陆续续地聚到院子里来了。

王秀芸　把东西搁下！你别这样。

关福斗　松手！你回屋卷铺盖，咱们这就走人！

田翠兰　（尴尬）小斗子，你想干吗？

关福斗　我想找个耗子洞钻进去清净清净！

田翠兰　怎么了你？

关福斗　没怎么，我嫌我自个儿寒碜！

田翠兰　你别这儿瞎嚷嚷，有话你和秀芸跟我上西屋说去。

关福斗　您别上西屋您还是回北屋去吧！

田翠兰　（脸色陡变）你跟谁说话呢？

关福斗　我扇我自己脸巴子呢！我倒插门儿插茅坑儿里了，我活该恶心！我瞎眼了我什么都没看见，我认倒霉我领媳妇走人！明儿我孩子生出来姓关不姓王……

田翠兰　（碰到命根子，一下子被激怒了）你他妈敢！图干净你一人儿滚蛋！那是我孙子，谁抢我跟谁玩儿命，他敢不姓王我就敢掐死他！秀芸，这儿没你事儿，跟孩子上屋儿里去。

王秀芸　妈！您……

田翠兰　去呀！

古月宗　（扒着栏杆俯视）小斗子，你眼窝儿也忒浅啦！你丈母娘不是让你给棺材上把锁吗,别费事儿了,你把那锁头安自己眼眶子上吧。

金穆蓉 (站在阴影里)现世报,报应了。

田翠兰 您痒痒了别自个儿夹着,憋不住难听的您过来喷来。

金穆蓉 我还真不怎么在乎您,(走到弥勒佛跟前微笑仰视)苑大哥,您的双簧这回演砸了吧?每回催租子您都跟她拌嘴,她喷着唾沫星子骂您骂了多少回了,还动不动要死要活的,可是天儿一黑下来,她就上您被窝儿里把钱要回去了。

苑国钟 (自嘲)也没都要回去,这程子还贴了点儿过来。

金穆蓉 您催租子就催吧,还雇了一托儿。我们子萍她爸爸一直不信,(对着周玉浦)这回你亲眼看见了吧?

苑国钟 (戏谑)玉浦兄弟瞒哄您呢,他什么不明白呀?他贴钱给人家正骨,不是让您逮着好几回吗?

周玉浦 苑大哥。

苑国钟 人一娘们儿让他给正骨,他正到人大咂儿(注释:乳房之意)上去了,咂儿上有骨头吗?

周玉浦 说您的事儿呢您扯上我干吗?滥开玩笑一字儿都

多，半个字儿都多！

田翠兰　（对金穆蓉）您别乱趸摸了，咱们那神仙笑话您呢。

金穆蓉　我不怕他笑话，有怕的，（沮丧）咱谁也甭看谁的热闹儿，一个个都是罪人，上不了天堂，就等着下地狱去吧。

田翠兰　您赶紧上天堂，这儿有梯子，您不爬那门框上拜拜去？

金穆蓉　梯子您自个儿留着使吧，下地狱的时候儿别闪了腰。

田翠兰　（一时语塞）你……

周玉浦　开玩笑有半句就得，跟神仙开玩笑点到就得！穆蓉，外边儿冷，咱屋儿里暖和暖和去。

［周玉浦扶金穆蓉回屋，自己跑到大门口焦急地张望。苑国钟一直在喝酒，口齿还算清楚，脚步却有些踉跄。他捡起一把斧子，递给关福斗，露出令人恐惧的笑容。

苑国钟　小斗子，你给我一下儿，（指着眉心）就这儿，你照直了给我一下儿。

关福斗　（有点儿害怕）您喝高了？

苑国钟　里边儿全是难听的，堵得慌！你帮我在这儿劈一裂缝儿，替我把它们全都放出来，听着！你老丈人的家伙不好使，我指的不是擀面杖，也不是炒勺，这句难听的你听明白了没有？

田翠兰　（推搡苑国钟）喝！就知道喝！屋里去，您屋里去！

苑国钟　寒碜事儿都办了，寒碜话儿倒不让说，（醉笑）您这人就一样儿不好，肚皮子软嘴皮子硬，办多大暗事儿也不耽误明着张嘴咬人，头一句难听的说完了，我再给你唠叨唠叨二一句。

田翠兰　作死吧，就作死吧。

　　　　〔田翠兰羞愤交加，拽着女儿钻进了西厢房，剩下几个男人在寒风中瑟瑟发抖。关福斗恢复了冷静，却可怜兮兮地没了主意。

苑国钟　小斗子，你苑叔儿的家伙也不好使，可还能凑合着使。我指的不是酒瓶子，也不是酱萝卜，你还想听我说什么好听的吗？

关福斗　出了这个院子，我没脸见人了。

古月宗　（下楼梯）有脸没脸是一回事儿，街上净是穿不起裤子的，谁还顾得上看你那光屁溜子呀？

苑国钟　小斗子，你头一回进我的院子，给我做这楼梯，在后夹道那刨花堆儿里，你摁着秀芸干什么来着？

关福斗　（窘迫）您，您胡扯什么呀！

苑国钟　觉着丢脸了是不是？你那后臀尖小馒头似的还挺白，俩后肘子更白，可惜了儿你这黑不溜秋的一张糙脸，丢了就丢了吧。

关福斗　小淼子老嘀咕烂透了，他说咱这院子里里外外都烂透了！我一直当它是胡话。

苑国钟　那本来就不是明白话。

关福斗　今儿我弄明白他意思了。

苑国钟　你弄明白什么了？

关福斗　我们跟孩子早晚得搬出去！

苑国钟　你明白个屁！你明白，（一直在几位神仙之间转悠，此时停在弥勒佛跟前）你丈母娘是什么人你都没弄明白！你还明白？乡下闹瘟病她一家儿死了九口儿，她抱着八个月的闺女要饭要不着，找个旮旯铺了块烂炕席，躺在上边儿卖自个儿的肉，你明白吗？你老丈人把她领回来，两口子踏踏实实折腾小买卖儿，她看见小淼子饿得嗷嗷叫唤，明知道我儿子是童子痨，搂怀里就让孩子叼她的奶头儿，你明白吗？我抱着我儿子在胡同里走，任谁都躲得远远儿的呀！她也想躲，可她看着孩子挨饿她心疼，就算我这院子烂透了，你丈母娘她没烂！她嘴皮子不饶人，可她心眼儿敞亮，她仁义！

〔田翠兰躲在屋子里失声痛哭，女儿哀声劝慰。关福斗深受触动，两只手揣在袖筒里，缩着肩膀发呆。牛大粪把粪车停在大门口，掸了掸烂棉袄，吸溜着鼻涕登上了台阶。

苑国钟　今儿怎么知道守规矩了？

牛大粪　不瞒您说，是憋着一泡来着，路过肖老板他们家高台阶儿，（凑近对方耳边）我滋他们家大门上了！

苑国钟　你可缺德啊！

牛大粪　他缺德缺我这么多年，我好不容易缺他一回怎么的了？

苑国钟　黑更半夜的转悠什么呢？

牛大粪　关城门了，北平给关得严严实实，鸟都飞不出去啦！您知道为什么停电吗？人家占领了门头沟，这边儿电厂的煤供不上了，土八路正摁着傅司令的脑袋喝茶谈判呢，再不投降那茶杯子就拽他脸上去了！

苑国钟　你喝人家茶根儿来着？你怎么什么都知道呀？

牛大粪　得！对不住您，光顾着自个儿高兴了，忘了您这儿还窝着心呢。（压低声音）您那房契，还在您手里呢吗？

苑国钟　你想抢啊？别抢，我这就拿给你得了。

牛大粪　您别跟我逗，听我一句，您可得把它揣好了！千万别拿给那老丫挺的，这事情要搁在昨儿，天就那么阴着哈，我还真不敢说什么，这眼看着就要晴天儿了，我就明告儿您吧，您让那老王八蛋给玩儿了！

苑国钟　他是猫我是耗子，唔们俩一直玩儿来着，他还能怎么玩儿？

牛大粪　您旁边儿那大宅子早就不是黄局长的了，您知道吗？

苑国钟　那、那、那它是谁的呀？

牛大粪　黄局长上一季儿就跟老婆孩子偷偷坐飞机颠了，留个酸了吧唧的姨太太撑门面，整天哭哭啼啼，让肖老板三吓唬两吓唬，糊弄个白给的价儿就给拿下来了！

苑国钟　牛子，（颤声）你他妈哄我你可不是人！

牛大粪　那大宅子早就姓肖了，饶着给您放了印子钱，还哄着您赔这个赔那个，他打个嗝儿的工夫把您的宅子也就手儿给拎过去了，您说他会玩儿不会玩儿？

苑国钟　（站立不稳）缺德呀……

牛大粪　您说我该不该尿他们家大门？！

苑国钟　（嗓音凄厉）缺了大德啦！

牛大粪　您可别背过气去！

苑国钟　我，我，（极低的声音）我日他大爷！

　　　　〔苑国钟跳着脚无声咒骂，被牛大粪和关福斗搀到一边儿去了。周子萍匆匆走来，警觉地往身后看，险些跟探头探脑的父亲撞在一起。

周子萍　爸！

周玉浦　哎哟！你可回来了！快跟我回屋换衣裳去！子萍，

(抓着女儿的手往东屋走)你妈已经疯了!她对着镜子薅头发呢,就差把那本儿洋经撕碎了吃下去了,她就差张嘴咬我脑门子了!

周子萍　爸!我还有别的事情,您撒手!

周玉浦　还有什么事儿能比家里的事儿更要紧呐?(不撒手)刀都架到你脖子上了,你怎么就不知道害怕也不知道着急呢?我和你妈让小达子吓得都死好几回了……

周子萍　(被母亲挡住了去路)妈。

金穆蓉　(凶悍而恍惚)你还知道你这儿有个妈?

周子萍　学校有事儿走不开。

金穆蓉　就算没事儿也能让你们给找出事儿来!

周子萍　妈……

[栅栏门有动静,众人扭头注视。苑江淼吃力地咳嗽着,面无血色的样子令人吃惊。他拎着沉重的书包,半步半步地走下台阶。

苑国钟　(心碎状)儿子!

田翠兰　小淼子!你慢点儿。

周子萍　江淼哥……

　　　　〔苑江淼举起手掌，示意不必说话，也不必过来。他把书包放在楼梯拐角，露出了如释重负的淡淡的笑容。

苑江淼　你过来拿吧，书都看完了。

周子萍　对不起！我来晚了！

苑江淼　不晚，刚刚看完最后一本儿，替我把书还给他们。

周子萍　江淼哥！你太累了。

苑江淼　我去歇一会儿，你和同学，保重。

苑国钟　儿子，暖壶里还有开水吗？

苑江淼　有。

苑国钟　火着乏了记着添煤，别让它灭了，（见儿子往楼上退，急切）儿子！让爸跟你上去帮着归置归置，啊？

苑江淼　不必了，都挺好的。

　　　　〔金穆蓉紧紧抓住女儿的胳膊，还是被挣脱了。周子萍拿起楼梯上的书包，紧紧搂在怀里，泪眼婆娑地看了苑江淼一眼，毅然离去。

金穆蓉　给我站住！你还想上哪儿去？

周子萍　我有事我得赶回学校。

金穆蓉　你看着我！你眼睛里，你眼睛里压根儿就没有我和你爸爸！

周子萍　妈！等办完了事儿我一定好好陪你们。

金穆蓉　你……（向周玉浦发泄）你就干看着？

周玉浦　嗯？哎，（去阻拦女儿）子萍！

周子萍　爸！您让开！同学们等着我呢。

周玉浦　你舅舅还等着你呢！

周子萍　您撒手，爸！

周玉浦　说好了过去不过去，人家还不得提心吊胆地等咱们一宿，（夺书包）把书给小淼子搁下，赶明儿再替他还！跟我回屋儿拿你的行李箱去。

周子萍　啊！

〔书包里的油印传单撒落在地，众人惊呆了。肖鹏达出现在大门口，西装革履，一手拎着手电筒，一手拎着行李箱。周子萍蹲下身子，手忙脚乱地捡传单。苑国钟傻了似的看看传单，看看儿子，突然醒悟了什么，趴在地上疯狂地抓挠起来。肖鹏达拾起一张，用手电照了照，嘿嘿地笑了。金穆蓉几乎晕过去，倚住了丈夫的肩膀。

肖鹏达　向伟大……的新中国……进军，谁的？

周玉浦　不是我们的！

苑国钟　（同时）我的！是我的，（谄媚地醉笑）这东西是我的。

肖鹏达　您知道这是什么东西吗就说是您的？

苑国钟　烂纸！我在街上捡的烂纸，每回游行的一过去满地烂纸，扫街的收拾不过来。我饶着帮人家打扫打扫，笼火还有了引柴，上茅房也不缺草纸了……

肖鹏达　您别跟我这儿逗闷子了！您拿它笼火擦屁股，您儿子干吗？您儿子答应了，我们子萍还不干呢！

周玉浦　小达子，子萍她，她跟这没关系！

肖鹏达　那您就告诉我，谁跟这有关系？是周婶儿啊还是您呐？

周玉浦　我们，我……

肖鹏达　您别害怕，你们都别害怕！我自己知道就成了，我不告诉外人，（朝苑江淼晃晃那张传单）苑江淼！上边儿密密麻麻的一大堆梦话，都是你写的，也是你印的吧？（讪笑）回回上你们这儿来都闻到猪肠子味儿，外加中药汤子味儿，（闻纸）这回让我闻见香味儿了！

苑江淼　那就请你多拿几张回去，好好闻闻。

肖鹏达　我多嘴问一句，您那新中国在哪儿呢？

苑江淼　（憧憬）等天亮了，太阳出来了，人人都会看到她！

肖鹏达　我怎么看不见呐？（手搭凉棚）哪儿呢新中国，除了你们家那烂墙头，我什么也没瞧见！

苑江淼　你当然看不见，你是个瞎子。

肖鹏达　（冷笑）他们都说你躲在屋里等死呢，没承想不是等死是找死！我还真是瞎了眼了，苑叔儿，您赶紧领我上去，让我看看您儿子那蜡纸和油辊子，他怎么就刻得这么漂亮印得那么地道呢？我是真佩服他。

苑国钟　（拦在楼梯口，心急如焚却满脸堆笑）达子！达子，听苑叔儿一句！我儿子屋里就一铺盖一桌子一火炉子，剩下的全是书，旁的什么也没有！我见天儿进去给他收拾，桌子底下床后头我见天儿给他清扫，你说的那些物件儿我压根儿没看见过。达子！他有病，我不能让他传染了你，你染了病我对不起你爸爸。咱都离他远点儿，别挨着他，让他死去吧！(发泄心中的伤痛) 他就喜欢看书，一天到晚光知道看书，吃多少药也是白搭，他想找死咱不拦着他了，让他死去吧！达子，咱都别搭理他，他爱干什么干什么，他活不了几天了，(近乎哀求) 你抬抬手儿，让他过去吧，咱让他边儿待着去，啊？

肖鹏达 (凝视对方) 用我爸那话说，您满嘴跑舌头，谁知道您哪句是真的呀？

苑国钟 你苑叔儿啰唆了大半辈子，吐的字儿要有半个不是真的，你把你那大尖儿皮鞋脱下来，你拿鞋底子抽我！

肖鹏达 这句就不像真的，(笑，心中有了底) 您以为我真想上去呢？倒是想兜他的老底儿，可惜我没那闲工夫了。

[肖鹏达走近紧紧依偎的周玉浦一家，把行李箱一丢，当着众人打开了它。他取出一双白色的高跟

鞋，一双红色的高跟鞋，一双黑色的高跟鞋，把它们整整齐齐地码放在周子萍脚边。

肖鹏达 子萍，挑一双喜欢的穿上，穿好了跟我走。

金穆蓉 小达子，你想把子萍领哪儿去？

肖鹏达 您不想让她去的地方我绝不领她去。不去炮儿局，不去警备司令部，不去保密局的黑屋子，我们去该去的地方。

周玉浦 去哪儿啊？

肖鹏达 老励志社的二楼，军官俱乐部。

周玉浦 上那儿干吗去？

肖鹏达 见天儿都是舞会，我请子萍陪着我嘣嚓嚓去！

金穆蓉 （极度恐惧）你到底打算干什么？

肖鹏达 不儿刚跟您说了吗，跳舞去！

金穆蓉 我们子萍向来不去那种地方。

肖鹏达 那她想去哪儿啊？（指着苑江森）去他那儿？跟着他印传单送传单撒传单？跟着这痨病鬼一块儿做梦一块儿等新中国一块儿找死去？

苑江淼 肖鹏达，（笑得很轻蔑）你不觉得自己很滑稽吗？

肖鹏达　你笑话我?

苑国钟　(呻吟并打手势)儿子,你别吱声啊!

苑江淼　(边说边走下楼梯)他们说你在军需仓库偷轮胎,我不觉得你可笑。他们说你不光偷轮胎还偷高跟鞋,我还是没觉出你可笑,你把高跟鞋就这么码到院子里来了,我觉得,我觉得简直太可笑了!

肖鹏达　你觉着可笑是你有病!我们仓库主任昨天上的飞机,抱着英国造的台球杆儿,还拎着一网兜子台球儿呢,怎么着吧?人家摆得起那个谱儿,人家觉着舒坦人家喜欢!

苑江淼　(痛快淋漓)完蛋了!你们真的完蛋了,这是你们活生生的下场!你们已经没救了。(咳嗽)小达子,你也打算拎着高跟鞋上飞机吗?你给高跟鞋打飞机票了没有?

肖鹏达　(众人窃笑,盯住周玉浦)您也笑话我?

周玉浦　(着急)没,没有!我笑话你我不是人!

苑国钟　没错儿!没人儿敢笑话你,我们都笑话那鞋呢。

　　　　[肖鹏达像野兽一样环顾四周,脆弱的神经处于崩

溃的边缘。苑江淼蹲下来捡传单,周子萍挣脱父母赶过去阻止,阻止不了便帮着他捡。肖启山心急火燎地跑进院子,一眼看见了儿子,立即放慢脚步,装出若无其事的样子。他朝耶稣画十字,朝弥勒佛合十,朝关帝爷作揖,捡起一张传单抖了抖,毫无兴趣地扔回地上去了。

肖启山　都还没歇呐?

苑国钟　您呢?撑得慌消食儿来了?

肖启山　(稍愣)国钟。

苑国钟　您说。

肖启山　往年到了大雪这节气,总能见着几粒儿雪花子,(看天)今儿潮乎乎的窝囊一天了,怎么还是一颗雪粒子都见不着呢?

苑国钟　说得是呢,(跟着看天,话里有话)它憋什么坏呢它?

肖启山　(吃心)你说什么?

苑国钟　我说它想给咱们使坏,它憋得正难受呢。

肖启山　(岔开话题)国钟,明儿天一亮,你把房契送到高台阶儿来,我起早儿等着你。

苑国钟　别价！您还是自个儿过来拿吧，万一我天亮前死了呢？

肖启山　（笑）没旁的意思，想陪你喝两盅儿。

苑国钟　我自个儿有酒。

肖启山　就你蒸馏那烂汤子也能算酒？一股子糊巴臭味儿。

苑国钟　您也浑身糊巴臭味儿，都快馊啦，比芥末都呛得慌！

肖启山　（笑眯眯地解嘲）高了，他喝高了，得！我知道你心疼那烂瓦片子呢，今儿我不打算惹你。我绕着你走还不行吗，（径直走到儿子跟前，脸耷拉下来）你别这儿给我丢人现眼了，把箱子拎上，赶紧跟我回家去。

肖鹏达　我不回去了。

肖启山　（沉吟片刻）好吧，不回去就不回去，（厉声逼迫）把条子给我留下。

肖鹏达　（顽强抵抗）留不下了，我急等着使它们呢。

肖启山　你往哪儿使啊？

肖鹏达　买飞机票。

肖启山　你放屁！飞机票都订到明年五月份儿了，你上哪儿买去?

肖鹏达 军人俱乐部的舞场有黑市,条子使够了就能淘换到飞机票。您别拦着我!这回我走定了……

肖启山 买张票才使几个呀?

肖鹏达 我得买两张!我,我想带周子萍一块儿走。

[金穆蓉浑身一震,与女儿紧紧搂在一起。肖启山盯着儿子冷笑,半天没说话,却挡住了对方的去路。

肖鹏达 爸,您就让我过去吧?

肖启山 两张票也使不了那么多,(凶狠发作)你个小兔崽子!你想兜走我的家底儿可以,先把自个儿脑袋拧下来,给你爸爸押在这儿你再走!

古月宗 (哧哧笑着从棺材里爬出来)新鲜!真新鲜,昨儿看见那儿子跟老子抢钱,今儿又看见这儿子跟老子抢钱,明儿估计还是儿子跟老子抢钱!

牛大粪 您少说两句不碍事儿。

古月宗 这都是皇上他们家的戏码儿,翻过来倒过去的,嘿!轮着谁还谁他妈都敢演了!

关福斗　（搡古月宗走开）咱边儿上待着去。

肖启山　古爷。

古月宗　您吩咐。

肖启山　赶明儿我把这小院儿收拾收拾，您给琢磨一副对子，咱把它挂出去。

古月宗　您让我白住我就给您琢磨琢磨，您要不让我白住我就住这口棺材，您要赶我走我立马儿把自个儿埋在您脚底下，我写一副白对子给您挂出去。

肖启山　（笑）行！我多雇几个耍猴儿的给您出殡，（对肖鹏达）小达子，你不快点儿把那几双烂鞋收起来你还等什么呀？觉出自个儿像只猴儿了没有？你真打算翻俩跟头给大伙儿瞧瞧？

肖鹏达　（怒视众人）你们都闭嘴！谁也不许笑话我！

〔肖启山去拎皮箱，肖鹏达上前抢夺，先是缓慢拉扯，继而剧烈地扭打起来。皮箱脱扣儿，领带、香水儿、纸币、金条，撒在地上，一把手枪滑了出去。众人目瞪口呆。父子俩同时扑向它，儿子手疾眼快，把枪口对准了父亲的脑门儿。

苑国钟　（异常兴奋）别别别别！别，你别！那是你爸爸！

肖鹏达　我知道他是谁！

金穆蓉　小达子！

田翠兰　臭孩子你可别犯傻！

肖鹏达　闪开！都闪开，谁也别管我！

肖启山　（苦笑）好，好，金条归你！想拿走你全拿走，那枪我得留着上坟地打兔子去，你把它给我搁下。

肖鹏达　不行！你让我把它搁下，别的我还拿得走吗？

古月宗　小达子你忒俗了！一手拿刀一手拿钱，这老套子一点儿都不新鲜！

苑国钟　（醉意蒙眬地凑近）达子，你那撸子是真的吗？

肖鹏达　别过来……

苑国钟　撸子里有子儿吗？

肖鹏达　你别过来！

苑国钟　要是假的你趁早儿别这儿糊弄我，要是真的，你搂个火儿试试，咱俩听听它响不响？你对着你爸那鼻子搂一下试试，搂啊。

肖鹏达　（彻底蒙了）……

田翠兰　（惊惶）苑大哥！您醉了！您躲他远点儿。

周玉浦　（欲哭）都什么时候了都，您，您还滥开玩笑呐？

苑国钟　小达子，你替我顶着你爸爸脑门子问问他，界壁儿那狼狗把人给咬了是怎么回事儿？树砸了房我赔，狗咬了人，凭什么让我赔呀？

肖启山　（对着枪口微笑）你那棵树，把人家的狗给吓着了。

苑国钟　狗给吓着了，澡盆也给吓着了吗？他们家澡盆漏水，把地毯给淹了，凭什么也让我赔呀？

肖启山　（分散儿子的注意力）澡盆上有裂缝儿，砖头掉下来砸的。

苑国钟　（走火入魔）山墙在紧西边儿，澡盆在紧东边儿，中间隔着好几道墙呢吧？您告儿我那砖头是怎么飞过去的？澡盆藏在哪儿，它又是怎么知道的呢？砖头跟您一样，长俩大眼珠子了是不是？

肖启山　要不怎么就说寸到家了呢？黄局长财大势大，人家说什么是什么，这口气你要实在咽不下去，你就含着它吧。

苑国钟　啊呸！我把它当个枪子儿啐您，那房是您的！！

肖启山　（惊愕，立即恢复镇静）我有的是时候儿跟你细聊这事儿，小达子！你汗都下来了，把胳膊放下歇会儿吧？我都心疼我这宝贝儿子了。

肖鹏达　别动！爸，您放我走，您答应我别拦着我！

肖启山　我没拦着你，我拦的是那钱，你必得老老实实把钱给我搁下，一大家子还指着它们过日子享福儿呢。

肖鹏达　您还惦记着享福儿呢？乡下地主的地都让人家给分了，您还傻不棱登地在这儿夺街坊的瓦片儿，您自己那点儿零碎儿还指不定落谁手里呢，您想找死我不拦着，我不想陪您一块儿死您也别拦着我！

肖启山　我不拦着你，有人拦着你，人家白把你从牢里放出来啦？

肖鹏达　谁拦着我我跟谁玩儿命！他们做梦吧他们，想让我猫下来，还让我装左倾，我装得了吗？我上哪儿左去？当一回替罪羊我早就够够儿的了，我不能当第二回！谁他妈会装谁来，老子颠儿了！

肖启山　你颠儿了不要紧，你妈你爸爸还得留下来过日子呢。

苑国钟　肖老板，您也知道过日子呀？我还知道过日子呢！

小达子，你爸爸他想绝我的日子，我做梦都想崩了他，醒过来一瞧，手上什么也没攥着，就几根秃手指头！小达子，你要替我崩了这损主儿，我把关老爷请走，我让你上那水缸上头蹲着去。

肖鹏达　（把枪口对准苑国钟）您废他妈什么话呀您！

苑国钟　（吓了一跳，借着酒劲儿硬挺着）这就对了！搂啊，（脑袋抵住枪口）你他妈倒是搂我呀！

苑江淼　（想冲上去）小达子你把枪放下！

周子萍　（拼命阻拦）江淼哥！

田翠兰　苑大哥！您站着别动，千万别动弹！

古月宗　苑大头！你脑袋上有七个眼儿够啦，别凑他那枪眼儿去！

苑国钟　谁也别过来！我今儿还真想试试，让他崩了我，小达子，你赶紧搂一下让我躺下去好好眯一觉儿！我下辈子都谢谢你，搂啊？

肖启山　（冷酷）你小子是活腻歪了？

苑国钟　腻歪透了！我也早就够够儿的了，（脑门儿抵着枪口，逼得对方连连后退）今儿你要么崩了你爸爸，要么你就崩了我，你崩了哪个我都高兴！一个大老爷们儿在城里混，一辈子就惦记两样儿好东西，头一个是儿子，二一个是房子。我祛不了我儿子的病，我白活，我守着一处房子，到了儿一块儿瓦片儿没落着，我还是白活！小子，你赶紧崩了我，今儿不把我撂这儿你对不起我你。

古月宗　达子！听爷一句，你崩这大脑瓜子没用，你崩碎了它金条你也拿不走。你真想把好玩意儿拿走，你还是得磨过身儿去崩你们家那大脑瓜子，你得……

肖鹏达　（歇斯底里）我崩你那脑瓜子！

古月宗　哎哟我的亲妈！

　　　　〔古月宗被枪口顶住脑袋，立即瘫软了，关福斗和牛大粪架住了他。肖启山弯腰捡金条，像捡白薯一样把它们扔到箱子里。众人断定肖鹏达不敢开枪，气氛便松弛了下来。肖鹏达反而成了最恐惧的人，哆哆嗦嗦地举着枪，不知道应该瞄准谁，更不知道应该如何收场了。

肖鹏达　你们，你们刚才都笑话我来着？

古月宗　我笑话你干吗？那鞋，那鞋花里胡哨的，它们花里胡哨地站那块儿，它们排着队站那块儿等着上飞机，（在极度恐惧中居然忍不住笑了）它们也忒逗了它们！

肖鹏达　（绝望地呻吟）笑！再笑我打死你！

古月宗　哎哟你别！你省着我先别打死我，有个事儿我一直弄不明白，你打死我我死不瞑目啊！你，你让我说出来成吗？

肖鹏达　……

古月宗　（罕见的一本正经）苑大头你告儿我！民国十六年冬天，你买房那钱到底是哪儿得来的？你告儿我实话，我老老实实挨一枪，躺棺材里我再也不出来了，你扒开肋巴骨，把心掏出来给街坊们瞜一眼！我可怜你那儿子，他眼巴巴瞧着你呢，你倒是说话呀！

［静场。众人的注意力离开那把手枪，转到苑国钟身上去了。他仰着下巴，让空酒瓶子对着嗓子眼儿。他漫无目的地游走，神态和步态尚能控制，语

调却拖长了。

苑国钟　白住我二十来年房子，吃颗枪子儿您一点儿都不冤。

古月宗　你不说明白我冤，你给说明白了我就不冤了。

苑国钟　我下过誓，打死我我也不说。

古月宗　打死你你不说，可打死我，你总该说了吧？

苑国钟　我说！我这就说，（来到儿子跟前）儿子，不是爸爸不想告诉你，多少年了，（突然哽咽）你爸爸他害怕！我害怕呀。

苑江淼　您究竟怕的是什么呢？

苑国钟　我什么都怕，（来到肖启山跟前）今儿我不怕了，我明着告儿你们吧，那钱是赤党的钱！是赤党藏在这个院子里的，是赤党悄没声儿告诉我地界儿，是赤党让我把它们挖出来的，他们把赤党给杀了，可没杀得了赤党的钱呐！那钱，（轻声）让我给落了。

苑江淼　（震惊而又将信将疑）爸爸……

肖启山　（冷嘲）哼哼，你运气倒真不错。

苑国钟　我说出来了，怎么着吧？儿子，身边儿就韩先生一个赤党我害怕，他们说哪个是赤党他们就毙哪个我更害怕，今儿城外头好歹围着十万二十万呢，我还怕什么呀？你爸爸他不害怕了！

肖启山　（自嘲）没错儿，该轮着呣们害怕了。

古月宗　（颇受打击，恍恍惚惚）苑大头，赤党给抓了走，我把他租的屋子翻了仨过儿，我给他被子拆了弹棉花，我给他花盆里的花儿一棵一棵薅出来，我拿铁钎子把白灰墙都扎成筛子了，我连鸡屁股都抠了！怎么一个大子儿没见着呢？那钱到底给塞哪儿去了？

苑国钟　（踢一口半大的水缸）您瞧瞧里边儿是什么？

古月宗　黄酱，你拿烂豆子沤的黄酱。

苑国钟　一摞儿一摞儿的，都给码到酱底下了。

古月宗　（眩晕）哎哟，大葱蘸黄酱，我还就好这一口儿！怎么就忘了拿火筷子搅和搅和呢？你不说我死不瞑目，你这一说我活着都闭不上眼睛了，达子！你把那枪借我端会儿成不成？我这就崩了他！不崩了他我眼眶子胀得难受我闭不上我。

肖鹏达　住嘴！！你们，你们别以为我不敢开枪！

古月宗　（梦呓）你要敢开枪，我还敢打炮呢，你容我解了裤带。

牛大粪　（低声乞求）古爷，您踏实会儿！

　　　　［苑江淼和周子萍拾掇传单，肖启山拾箱子，肖鹏达突如其来地奔向高跟鞋，朝其中一只开枪。孕妇尖叫一声，箱子和传单再失手跌落。巨大的枪声震惊了每一个人，包括开枪者自己。

肖鹏达　爸爸！求求您，那些宝贝您最好别动！

肖启山　（呻吟）你个小王八羔子。

肖鹏达　周子萍！我再问你最后一句，你想不想跟我弄票去？

周子萍　（轻蔑）请你别再说这种可笑的话了。

肖鹏达　（哀求）一块儿去吧？自要弄着票，立马儿就能从东单飞起来，咱俩一眨巴眼儿就到上海了。

苑江淼　小达子，（笑，指着棺材）你那飞机是长了翅膀的棺材，想飞你自己飞去吧，别挂在东单的大杨树上，当心点儿！

肖鹏达　我没工夫跟你扯淡！周子萍，（发现对方依偎到情敌身边，尖声咆哮）你别给脸不要脸！今儿我就磕你一句话，你跟他走还是跟我走？

金穆蓉 小达子！有话咱慢慢说，你别这样儿行吗？

肖鹏达 不行！我说不行！

[苑江淼的笑容激怒了肖鹏达，朝另一只鞋开枪。王秀芸再次尖叫并昏厥过去，众人抬着她奔向了西厢房。

田翠兰 秀芸！秀芸你醒醒，秀芸！

关福斗 肚子！小心她肚子，你们别窝着她肚子！

金穆蓉 （朝耶稣跪了下来，绝望地画十字）上帝垂怜！我求求您了，您要真能看见我们这些羔羊，您就来救救我们吧，哈利路亚！

苑国钟 关帝爷圣明！（抚摸塑像，密切窥视那把手枪）您想给谁一刀就给谁一刀，今儿您打算给谁一刀呀？

肖鹏达 周子萍！你小瞧了我你可别后悔，你们敢小瞧我肖鹏达你们都别后悔！你们，你们！

苑江淼 你说你像不像一只耗子？你让耗子夹夹着尾巴了。

肖鹏达 你敢再说一遍？谁是耗子？

苑国钟 （打圆场）谁都不是！你听岔了。

苑江淼　淘光了家底儿，你们想滚蛋了？那就滚吧，你们确实是一群耗子，收拾好你们的破烂儿赶紧滚蛋吧！

苑国钟　（恐惧）儿子，你招人家干吗呀！

肖鹏达　（快要哭出来了）周子萍，我说到做到！你要不跟我走，我打死他，我这就打死他！

〔肖鹏达突然挥枪对准苑江淼，苑国钟蹿出来挡住枪口，引起一片惊呼。枪没有响，但是危险迫在眉睫，谁都不敢轻举妄动。苑国钟像老母鸡护小鸡儿，张开两臂遮住儿子和周子萍，露出讨好的笑容。肖鹏达浑身发抖，枪口也跟着发抖，认定自己是被人捉弄了。

苑国钟　达子！好孩子，今儿你要是非得打死一个人，不打死一个人你过不去这个坎儿，那你务必得打死我，我不能让你打死我儿子。

肖鹏达　您让开……

苑国钟　我儿子活下来不容易，民国十六年，他们抓韩先生把我一块儿抓了走，我媳妇挺着大肚子逃难，火车开到长辛店就不走了，我媳妇顺着铁道一路儿逃下去，吃不上喝不上，一直拖着爬着回到定县，离娘家还有三里地她爬不动了，大雨哗哗的，她把我儿子生在道岔儿上了，她没熬到家门口儿就死啦！我儿子生下来就在大雨里淋着，他活下来不容易。

王秀芸　（在西厢房里痛苦呻吟）妈，妈！

关福斗　（尖叫）血！妈您看，席子上有血！

田翠兰　（声音惶恐）八成要生了！立本你快，上灶火打水去！

［西厢房传出阵阵骚动，紧张的对峙却没有丝毫缓解的迹象。王立本拎着生铁盆子出屋，直眉瞪眼地奔向肖鹏达，看不出是走神儿还是想砸对方的脑袋。

肖鹏达　别过来！您别过来！

苑国钟　（提醒）灶火在那边儿呐！

王立本　噢，（稍愣，转身朝伙房走去）这边儿？

苑国钟　达子，把枪收起来听我慢慢跟你说。

肖鹏达　我不听！我不听，您给我让开！

苑国钟　达子！人得讲良心，你小时候偷我的黑枣，我逮着你想揍你两巴掌，我儿子拦着我不让打，他怕你疼，你想拿枪子儿打他，你想想他疼不疼？我儿子打生下来到现在，那是无比地仁义！你们谁也比不了，街上碰见要饭的，我心疼钱不打算施舍，我儿子生拽着我不让我走，非得让我把给他买甜饽饽的钱给人家扔下。立本儿他两口子，交着住户的租子干着铺面的买卖，凭什么？我想多要钱，我儿子不让，(指着周玉浦)你们进了药材没地儿搁，往后夹道搭一棚子，我一个子儿不敢跟你们要，我儿子不让！还有您，(指着古月宗)古爷！我真要赶您走您还真觉着我有什么不好意思吗？我儿子不让，您嫌我儿子的病，怕我儿子在您的门口咯血，换了别人能给您怎么着啊？我儿子让我打隔断安梯子，他自己从这边儿绕下来，我儿子仁义呀！你倒想拿枪打他。

苑江淼　爸爸，您用不着给他说这些！

苑国钟　(高声)你别吱声儿！那枪还对着你呐，达子！你别哆嗦，你端稳着点儿，我估摸你万不能打死我儿子，可你备不住得梃死我，我有一肚子话想趁着活着都说出来，你得容我赶紧着了。儿子！你听好喽，当初我上定县去抱你回来，你几个舅舅拎着镐把儿想揍我，他们说我是赤党是我把你妈给害死了，我是赤党？儿子，你要不是害了童子痨，他们还舍不得把你扔给我呢！儿子，打你刚会走道儿我就领着你上铁道边儿遛弯儿去，大一点儿你就知道自己去啦，你坐在道边儿的石头上吹口琴，往紧南边儿的远处看，你想你妈妈了！是吧，儿子？

苑江淼 （难过）爸爸，您别说了。

苑国钟 我对不住你妈妈，那时候我就琢磨，我得离赤党远远儿的！我得让我儿子离赤党远远儿的，我后悔我怎么那么糊涂！我大意了我留下了韩先生这个口琴，我觉得它是个值钱的玩意儿我舍不得扔了它，怕什么来什么，我是遭了报应了吧？儿子，我指望你躲在家里好好养你的身子骨儿，我操心你的病心都操碎了，可你呢？你让病毁得跟一片儿枯树叶子似的，（抖着传单）你还熬神熬血地给人家干这个！

　　　　　韩先生他不要命，你也不打算要自己的命了……
周子萍　苑伯伯！您别难过……
苑江淼　爸爸，您不用为我担心，儿子觉得值。
苑国钟　你值了，（啜泣）我不值！我什么都不要，我什么都没了，我就要儿子！达子，（情绪失控，怒视对方）你敢碰我儿子一根毫毛，我生吞了你你信不信？我儿子是赤党，我他妈也是赤党，有本事你现在就开枪！你看城外头那些拿枪拿炮的能不能饶了你？能不能饶了你爸爸？
肖鹏达　（怀疑牛大粪或父亲伺机夺枪，惊恐地尖叫）别过来！谁也别过来！都退回去，不退回去我就开枪了！
肖启山　（绝望而无奈）你他妈自己找死你还想搭上我！
王秀芸　（骚动加剧，传出凄厉的呻吟）妈！疼啊，疼死我啦！
关福斗　（哭腔儿）妈您救救她！妈她不行了，您快救救她呀！
田翠兰　（听上去很镇静）别这儿号丧！滚远点儿，别碍手碍脚的，（冲到屋外求援，一脸惊惶）我闺女麻烦了！怕是要生不下来，你们，（似乎想对金穆蓉说什么，突然发现枪还对着人呢）求求啦！小达子，你是我祖宗！我求你别折腾哩，今儿你不开枪都得死人了！

［传来产妇杀人一般的号叫，田翠兰跑回了西厢房。周玉浦围着闭目祈祷的妻子转悠，急得连连搓手。牛大粪若无其事，却悄悄地向持枪者靠拢。王立本端着一盆脏水出屋，再次直眉瞪眼地朝肖鹏达走过去，突然失手将盆子扔地上了。肖鹏达打个愣儿，牛大粪和苑国钟瞬间扑向了他，抓住胳膊和枪身使劲儿朝地上摁。

苑国钟 松手！兔崽子你松手啊！

肖鹏达 放开我！你们放开我！

牛大粪 杂种！你爸爸横，你比你爸爸还横……

古月宗 那刀把子谁抢着算谁的，有种儿的豁出去呗！

肖启山 达子你撒手！把家伙儿给他们！

牛大粪 八路说话就进城了，你还敢横？我让你横……

肖启山 达子你把枪给人家！你让他们拿着它朝咱们比画……

周玉浦 别对着我！别对着我，你们别对着我呀！

[几个人扭成了一团。周玉浦和王立本拼命躲闪枪口，前者手脚并用却不停叫唤，后者则如趟八卦掌且一声不吭。突然响了一枪，古月宗扑通一声单腿跪地，像是中弹了，却立刻蹲了起来。手枪当啷啷掉在地上，看不出打着谁了，似乎谁也没有打着，众人群雕一般一动不动。王立本捡起手枪，不知道该往哪儿扔，谁都想躲他远点儿，像躲一条毒蛇。他走出大门，打开粪车的盖子，把手枪丢了进去。苑国钟发现棉袍儿贴腰裂了个大口子，棉花都翻了出来。竟然得意地笑了。

苑国钟　（向大家展示）瞧瞧！没打着！子弹擦边儿了。

苑江淼　（急切）爸您没事儿吧？爸！

苑国钟　没事儿！他没打着，你们说寸不寸？他谁也没打着，他，（突然发软，单膝触地却瞬间挺了起来，继续说笑）达子，吓傻了还是吓疯了？你们家有一个疯的了，你给你爸爸换个花样儿吧，（又一软，另一条腿也点了地，仍旧说笑，众人却傻了）古爷！您刚才心疼了吧？您怕我抢您前边儿睡那口棺材，怕我占您的便宜是不是？

古月宗　（变色）大头，你尿裤子啦？

周玉浦　（看着地上）血，苑大哥您、您怎么流血啦？

苑江淼　（一时不敢相信自己的眼睛）爸爸！

　　　　〔血顺着裤脚淌到地上，袍子裂口处的棉花也被浸红了。苑国钟把手掌举到眼前，迷惑不解地看着上面的血迹。西厢房乱成了一团，田翠兰跑出来求救，刚要开口便呆住了。

苑国钟　还是打着了，（惨笑着渐渐倒下去）我白乐呵了？

苑江淼　爸爸！爸爸，（想撑住父亲却一块儿跌倒在地）爸爸！爸爸……（搂紧父亲的肩膀，悲痛欲绝）您不要紧吧？您没事儿吧，爸爸！

田翠兰　小淼子！你躲开，让我来！

周子萍　（拍打苑江淼的后背止咳）别着急，江淼哥，江淼哥。

苑江淼　（死死搂住父亲不放）爸爸！地上太凉了您靠着我！您靠着我点儿，（哭泣）爸爸！

古月宗　（举着葫芦罐）大头！听见皇上叫唤了没有？自要能听见动静就没你什么事儿，把你那俩大耳朵竖起来！

苑国钟　（惨笑）我竖着呢，听见它叫唤了，不好听！

牛大粪　（想拽走古月宗）您别裹乱了！咱上边儿上待着去。

古月宗　（掏钱）拿着！

牛大粪　您干吗？

古月宗　赶紧给我叫辆洋车去，得拉他上医院！

牛大粪　您仁义！古爷，（小跑着离去）擎好儿吧您呐！

肖启山　牛子你等等！

牛大粪　干吗？

肖启山　我身上没带钱，地上有，拿多少随你。

牛大粪　我手没那么长。

肖启山　花多少算多少，高台阶儿给他结账。

牛大粪　几分的利呀？

肖启山　（噎住了）……

牛大粪　（轻蔑地离去）您想好了给拽个数儿吧！

田翠兰　孩子你松松手，让我把你爸爸袍子上的扣子解开！

苑国钟　别忙活啦，翠兰子……

田翠兰　您别说话！

苑国钟　您去管那生的去，死的，就甭管啦，啊？

田翠兰　您胡说什么呀？

王秀芸　（哀鸣）妈我要死啦，您让我死去吧，妈哎！

苑国钟　（开玩笑）傻丫头，还轮不上你死呐！上紧后头排队去，（摇晃田翠兰的手）好人！那神仙绝亏待不了您。

田翠兰　（落泪）他也亏待不了您！苑大哥。

苑国钟　我儿子，您捎带手儿，给照应着点儿。

田翠兰　明白！您放心吧，明白您意思！

苑国钟　小崽子儿等您呢，您得紧着了。

周玉浦　（顶替田翠兰的位置）我来！让我来，（朝身后喊口叫）穆蓉！赶紧拿止血散和药棉花去！快点儿！（对周子萍）闺女你帮我抬一下。

古月宗　（走近泪流满面的金穆蓉）大格格，麻烦您赶紧动弹动弹？（不悦）我说娘们儿！甭管生的死的您好歹伸把手儿，拽一个是一个吧！啊？

金穆蓉　（起身奔向东厢房）我们都是罪人！上帝垂怜，哈利路亚。

肖启山　（发现儿子呆立在身边，按捺不住心头怒火）你还愣着干什么？还不快给我滚！滚远远儿的，别再让我看见你！你这就给我死去，兔崽子你永生永世都别惦记回来了！

［肖鹏达慌乱地收拾皮箱，居然想把高跟鞋塞进去。肖启山抄起一只鞋，用力砸向儿子的脊梁。肖鹏达抱头鼠窜，临出门依依不舍地看了周子萍一眼。金穆蓉从屋里走出来，把医用品分给丈夫一部分，扭头直奔西厢房。田翠兰跟她打了个照面，彼此呆立片刻，金穆蓉把一个玻璃瓶子递给了对方。

金穆蓉　给找个大点儿的碗。

田翠兰　……

金穆蓉　我拿它盛酒精使，得把剪子泡进去。

田翠兰　唉！

金穆蓉　拿开水沏点儿碱面儿，把脏爪子都好好洗洗！

田翠兰　唉！我听您的，（紧随对方进屋）什么都听您的！

苑国钟　儿子！我没事儿，儿子，（预感到生命的终结，难掩悲伤）爸爸的话还没说完呢，枪子儿就追上来了……

苑江淼　（抱紧父亲饮泣）您别说话，您靠着我什么都别说。

苑国钟　（为儿子擦拭泪水）儿子，爸爸对不起你……

苑江淼　（哀求）您别说话！

苑国钟　（高声）爸爸对不住韩先生啊！那钱不是给我使的，那是人家的钱，我昧了心让我给使啦！儿子！

苑江淼　您什么都别说！我不怪您，爸爸！

苑国钟　（看着空中一个地方，喃喃自语）韩先生叮嘱我，让我把钱送到南河沿十六号，交给一个姓朱的先生，我去了十六号，可十六号让人家给抄家啦！

苑江淼　周叔儿，（徒劳地捂着父亲的伤口）我怎么捂不住啊？我爸爸的血捂不住了，您快救救他！

周玉浦　孩子别急，（自己也哭了）咱都别着急！

苑国钟　我得空儿就到十六号对过儿树底下蹲着，下大雨蹲着，下大雪也蹲着，半年下来一个子儿都不敢花，赶上古爷要甩他的房，我昧了心烂了肠子，我把人家的钱给花啦！

苑江淼　（疯了一般用双手捂着父亲的伤口）周叔儿！您帮帮

　　　　　　我，捂不住了！我捂不住了，爸！您别流血了！别流啦，再流您就不行了！

苑国钟　儿子，（回光返照）大老爷们儿在城里混，脑袋上不顶几块自己的瓦片儿心里头不踏实，你爸爸做梦都想有自个儿的房子！可那钱，不是我的是人家的呀，儿子！你骂我贪钱骂对了，你打我嘴巴打得好！你爸爸他遭了报应啦……

苑江淼　爸爸！是儿子对不起您，（想抓起父亲的手扇自己的脸却抓不住，泣不成声）您打我吧！您打我，爸爸！儿子对不起您……

周子萍　（阻止苑江淼，啜泣）江淼哥，你别这样！

苑江淼　（剧烈咳嗽）爸爸……

苑国钟　立本儿！立本儿……

王立本　在呐。

苑国钟　拿窝头来！快着，蘸我的血，治病，你们快着呀！再磨蹭血就凝啦，儿子，爸爸手不干净，血，血干净，吃了治你的病，快着！给我儿子拿窝窝头来。

　　〔西厢房的骚动迟迟不见分晓。王立本端笸箩跪到苑国钟身边，把窝头掰碎了蘸血。肖启山胆怯地缩在一旁，不知道应该干什么，袖着手唉声叹气。周玉浦从苑国钟怀里取出染了血的房契，递给古月宗，后者捏着它颤巍巍地走向肖启山。

古月宗　苑大头的血还挺黏糊儿，这契纸您接着吧？

肖启山　不着急，天还没亮呢，先给他留着吧。

苑国钟　（听见了，打起精神）肖老板，不敢接了？

肖启山　没什么敢不敢的。

苑国钟　还真不打算给您了，拿人家的钱买的，得还给人家。

肖启山　（沮丧无语，看看天上的雪花儿）雪粒子下来了。

苑国钟　（意识恍惚）立本儿兄弟，对不住。

王立本　（淡然）知道，都知道。

古月宗　您都知道什么呀？

王立本　我知道地上这红不唧儿的是什么，肠子里那绿不唧儿的是什么我也知道，（含泪）眼眶子里这亮不唧儿的甭管多酸多咸，它也就是一股水儿！我要不知道这个，我他妈就是孙子我白活。

古月宗　（凝视弥勒佛）说得好，大哑巴你说得好啊。

苑国钟　古爷，您白忙活了，棺材归我了。

古月宗　我给你搭一葫芦罐儿，挑个爱叫唤的陪着你。

苑国钟　您让我，让我，占您大便宜了。

古月宗　（朝几位神仙笑着）对！你占便宜了，苑大头！你哪儿是苑大头啊，你小子压根儿就是一冤大头啊你！

〔雪花亮晶晶的，似有若无。古月宗明明朝弥勒佛笑着，却抖着肩膀嘤嘤地抽泣了。肖启山捡起一只高跟鞋，快快地走下台阶儿，看见牛大粪兴高采烈地跑来，赶紧让路。

牛大粪　降啦！他们降啦，这边儿投降啦！

肖启山　降了？

牛大粪　降啦！

肖启山　降了……（扔了皮鞋，踟蹰而去）降了……

牛大粪　（凑到苑国钟身边）苑大哥！苑大哥，洋车给您叫来了。

苑国钟　（在儿子怀抱中弥留）牛子，我儿子是修铁道的。

牛大粪　（稍愣）我知道……

苑国钟　我儿子，他喜欢看书。

牛大粪　（觉出不妙）洋车在胡同口儿等着您呢，咱们走吧？

苑国钟　火车拉鼻儿了，不坐洋车，我儿子是修铁道的，我儿子，我儿子，他想去新中国……

牛大粪　好哩！咱们就伴儿，咱们一块儿去中国！

苑国钟　小子，你，（微弱手势）你得守规矩……

牛大粪　明白！我听您的，（哽咽）往后我守规矩，您放心吧。

苑国钟　（找儿子的手，紧紧抓住）儿子……

苑江淼　（紧紧地紧紧地抱着父亲）爸爸！

苑国钟　给爸爸吹一个？

苑江淼　唉。

苑国钟　吹个吉利儿的，我断着你妈能听见，我想她了……

　　　　〔苑江淼掏出口琴边哭边吹，终于吹出了连贯的调子。西厢房突然爆发出新生儿的哭声，曲子中断了片刻，随后便一以贯之地吹了下去。夜幕下的生者和死者都静悄悄的，那些落叶的树木居然依次开出了绚烂的花朵，与晶莹的落雪交相辉映。大幕在婴儿嘹亮的啼哭声中缓慢地闭合了。口琴曲略带忧伤的旋律逐渐转为轻捷与欢快,甚至透出了坚定的昂扬之气,在剧场内外回旋不绝而又回味无穷。

全剧终

2008年12月28日初稿

2009年1月19日二稿

2009年4月18日三稿

对话刘恒

年轻时把文学当匕首，年老时当拐棍

枪声。争吵声。忧伤转而欢快的口琴旋律。新生儿的啼哭。

3月,北京二环的一处排练厅,德云社成员为主的班底正排练话剧《窝头会馆》。为了第三幕中枪的重头戏,演员们在导演张国立的指导下,一遍一遍地抠细节。扮演苑国钟的郭德纲看起来略有些疲惫,但每次大段的独白,声线都给得足足的,眼里不时泛起一点泪花。

对情绪没有那么饱满的演员,张国立强调:"得让角色在心里生根。要去理解台词深刻的寓意。戏剧中废话很少,这个本子尤其如此。"

《窝头会馆》共三幕,聚焦解放战争末期,展现了以四合院房东苑国钟为代表的一群北平小市民,在物资极度匮乏的环境里如何挣扎于苛捐杂税、恶人欺诈,又如何面对命运、情感和人心的考问。极度生活化的台词和鲜明的人物个性，充分展现了编剧刘恒的功力。

2009年，北京人艺版的《窝头会馆》集结了导演林兆华和一众名角，成了一部现象级的口碑大戏。此后，刘恒找过濮存昕、杨立新等人，希望能重排这部戏，也想过自己来导，却因种种原因未能实现。直到2021年，（戏剧社）龙马社姚怡提议，何不找德云社来演。刘恒方觉得：有门儿了。从围读会到联排，他眼见张国立调度自如，剧本文案做得细致入微，"每个细节怎么处理，逻辑是什么，标得清清楚楚，想得明明白白"。

写作，做影视和话剧编剧，与邹静之、万方合作创立龙马社，到近年担任电影监制，刘恒说自己生命里总有那么一只看不见的手，把一次次偶然契机推为现实。

朋友评价刘恒"笔很硬，人很软"。大抵因为他年轻时的不善言辞，与世无争。但对待文学，他早早就有种要豁出命来的生猛。

他曾形容自己：十五岁读小说，上瘾。二十岁偷偷写东西，又上了瘾。二十三岁发表处女作，瘾越来越大，到四十多岁，"病入膏肓"。

"膏肓期"也正是他的写作旺盛季。早年的《狗日的粮食》(1986)、《力气》(1988)和《伏羲伏羲》(1988),刘恒道尽他熟悉的农村人对生存、力量和性的渴望,语言充满元气;《苍河白日梦》(1993)书写清末阴翳乱世中人性的压抑;《黑的雪》(1988)和《虚证》(1988)看似转向当代都市,目光变得审视和冷峻,实则还是在描写内心孤独、和外界无法产生连接的个体。文学评论家孙郁评价,刘恒不是趋时的作家,他始终在苦苦寻找人的生命与周围世界不和谐的根源。

到《贫嘴张大民的幸福生活》(1997),则进入了另一重生活哲学和世俗乐观的天地。有人担心刘恒风格不稳,或以为他就此转型,他只道文学的锻炼就没有止境,至少不应该给自己多绑一条绳索。底色悲凉的他早早意识到,不幸福是必然的,"我的悲观主义也源自人和人的不理解"。

《黑的雪》是刘恒的第一部长篇小说,描写内心自卑又渴求温暖的青年李慧泉劳改出狱后,与改革初期社会的逐利氛围格格不入,寻找友谊、爱情、自我,皆不可得,始终无法掌控命运。这部小说促成了谢飞导演的《本命年》。有报道称，姜文曾言他饰演的主角李慧泉是自己那些年最满意的一个角色，但刘恒表露过，李慧泉貌不惊人、生活委顿，姜文却"实在太帅了"。自那时起，刘恒和影视界有了延续至今的紧密联系。由小说《伏羲伏羲》改编的电影《菊豆》获得奥斯卡提名，《苍河白日梦》改编的《中国往事》被称为国剧"遗珠"，《贫嘴张大民的幸福生活》口碑和收视都堪称爆棚，连刘恒自己也觉惊讶。

　　太多人问过他做编剧的动因，以及和文学创作的不同。他把这看成一种自然转向，无非是探讨生命意义换了一个轨道。只不过，这个角色的话语权大大减弱。但他尊重合作者，也了解游戏规则。拍《少年天子》（2003）时他首次做导演，说起其中的演员赞不绝口。全剧拍完赶上"非典"，剧组都散了，他戴着口罩窝在房间里一个月，剪片子兴奋得两眼放光，"好像一大堆形容词、动词、名词在那儿堆着随你挑，一个句子，一个段落，一个章节，一直向下编，真是乐趣无穷"。

　　但那样的机缘，不可多得。

　　采访时，他极为坦诚地强调，自己不再有写作小说的欲望。王安忆见他一次说他一次："太可惜了。你为什么不写?"采访时,刘恒把老友的诘问当段子说笑。但说到不写,却是严肃而令人服膺的口吻:生理和心理的衰老,对创作激情以及拓展文体和题材边界的能力不再自信。

儿时在门头沟农村,刘恒过早地目睹了死亡并被迫开启对生死的体悟。文学成为他和时间、和外界对抗的工具。他把文学当作"敌人的替身,同谋",把自己变身为抓文学这只"耗子"的猫。"只想胡来,哪怕像疯子,像流氓,痛快就行。"

那个顽壮如秋菊,发愿一条道生气勃勃走到底的刘恒,就这样老老实实地向岁月缴了械。

在这点上,他似乎有些道家所讲的"顺势而为"。

面色依然红润,工作室里的健身器他每天都用,也时常徒手练俯卧撑。缓慢如常的语调里包含一分波澜不惊的从容。但在不经意间的来去里,他发现人力终究不敌自然之道。"这大半年出去开会,看所有人的脸都松弛了,皱纹增多,皮肤暗淡。我和他们开玩笑是戴口罩捂的,把二氧化碳给捂到皮肤里去了。"

记忆力减退亦是不争的事实。中年之后的会议发言,他需要提前写下关键词。从四五年前开始，光记中心词已不管用，得告诉自己中心词是什么意思，想说什么。到最后一个句子不行，得写两三个句子心里才踏实。

关于这种不可抵挡的暮年之势，青春在握者浑然不觉。几次和年轻学子、编剧们交流的公开场合，他不断强调要善待生命资源，"最重要的资源是生命本身"。在香港地铁上，他注意到路人多半在玩手机游戏，于是提醒还有文学梦的听众：持久地注意一个自己愿意注意的事物（比如阅读），也是产生灵感的办法。

有大学生问他：和身边人有精神上的隔膜怎么办？看到别人有缺陷要不要讲？他答：不要埋怨环境，不要在意自己竞争的姿势，不要关注别人的缺点。

"我已经未老先衰了，喜欢静，喜欢独处，以为读书写字是人生一大乐事和善事。这种散淡的文人心态可能会削弱写作的内在动力，但是我已经过了靠激情泼墨的好时光了。我必须在自得其乐之中惨淡经营，并将（同道中的）优秀者视为镜子，在彼此微光的映照中一步一步地走下去，直到完蛋。除此之外，不指望什么别的了。"

这是1997年四十多岁的刘恒刊发在《花城》上的文字。那时的我们尚不曾料到，刘恒与文学作别会如此决然。对这样一份自觉自知和对文学的郑重，与其叹息，不如尊重，并且依然期待。

邓　郁　上一版《窝头会馆》，你曾表达过，希望观众能够明白作品想要表达的东西，但有一些观众似乎没有接收到。

刘　恒　观众有的时候看热闹。比如剧的最后，一个人（主角苑国钟）将死的时候，一个小孩生出来，它是一种象征。结果上回有很多人很不高兴。认为这是概念化，刻意要搞一个光明的结尾。可是戏剧逻辑到那儿了，就得哭出来。还有人觉得你不就是想写个献礼剧吗？他们还是把这东西简单化了。

　　《窝头会馆》不仅仅只是写社会动荡期的底层命运。写它的时候，我会不停想到中国历史上所有的改朝换代，总会有一些缺陷，这些缺陷造成特别大的不满，有的时候可能会产生暴力。那一个旧社会的覆灭和一个新社会的诞生，它所涵盖的那些内容到底是什么？实际上就是资源初期分配严重的不平衡，对资源的争夺造成了新的贫富不均，就像钟摆一样，稳定一段时间之后又把它摧毁重来。

邓郁　苑国钟是其中你写得最投入、最饱满的一个人物。

刘恒　苑国钟是我的替身。但古月宗（编者注：《窝头会馆》中的另一个重要角色）的一些话，也是我想说的。比如他讲："关公手里一手拿刀，一手拿元宝，你得等着皇上赏。皇上没赏你千万不能上去拿，你上去拿他就给你一刀。"实际上他说的是君臣关系，在一个系统和制度里掌握权力的人，他的生杀予夺。还有，古月宗说："你瞧见小达子那脚踏车了没有？前轱辘都笼了，后轱辘还不定得歪到哪个姥姥家去呢……"观众他不知道"笼"是什么意思，是自行车圈扭了，拧麻花了，修车的把校正叫"拿笼"，这个说的也是统治者的事。但观众不知道你在说什么。

像周玉浦（编者注：《窝头会馆》中的角色）说他老婆在看《圣经》"吧嗒"掉眼泪，他问他老婆哭什么，老婆说"摩西领着人出埃及了"。他说这么一句话，下边呼呼就笑了，好像是八竿子打不着的事儿。但戏里展示的现实就是，一个旧社会要完蛋了，有人领着大伙奔向了新社会，要带着头把自己的同类引到一个更好的境界去。观众可能不知道你让人物说这些干什么，他觉得你是在开玩笑。所以不能强求所有的观众都跟你同步，完全不可能的。

邓 郁　邹静之说，小淼子（注：苑国钟的儿子苑江淼，长期患病、默默印制传单的革命青年，对父亲怀有多年积怨）这个角色写得不太舒服。

刘 恒　他第一次看完之后就跟我说了，他觉得小淼子对他爸爸太苛刻了，弄不好让观众讨厌。静之是我朋友，他的直言一下子提醒了我！我从来没有从这个角度考虑过。他觉得，不管小淼子你怀疑你父亲这个钱（用革命党留下的资金买下四合院）来得干净还是不干净，但是你父亲对你的关爱，你是时时在领受的。后来我仔细分析，这么写正是我自己家里父子关系的写照：我是我父亲的独生子，但跟我父亲没话说。他心眼好却脾气大，每每一说狠话，我扭头就走了。这种潜意识影响到小淼子的塑造了，也算是一种报应吧。

邓 郁　观众对于新版德云社的班底，可能会有先入为主的一些判断。你怎么看他们的优势和劣势？

刘 恒　人艺那版的演员非常棒。重排找其他演员的话，观众都会认为是巨大的障碍。超越不了前面版本的话，在演员的职业评价上就会出问题。所以一般势均力敌的演员不会轻易"蹚这浑水"，但没有名和实力的演员又撑不起表演需求的能力。

德云社对舞台跟观众之间关系的控制是一流的。但我的观察，最大的差别可能是，相声演员在台上是演自己。所有著名的相声演员在塑造了强大生动的自我形象之后，观众都不能容忍他有丝毫改变，他必须得演一个聪明的、伶牙俐齿的、搞笑的、让人亲近的角色。所以他会竭尽全力去塑造这一形象，不停地调动观众的情绪，抖包袱的频率非常高。而话剧演员必须得把自己的本色抹掉，让人认不出原来那个人才行。一旦掌握了这个开关之后，我相信他们凭借自身的功力会进入非常美妙的状态。

邓 郁　不管是窝头会馆，还是张大民家在的小院儿，你都写出了底层生活的鲜活劲儿。这些环境和你自己的生活很近？

刘 恒　我今天还跟我爱人经过北京北站边上拐弯那个地方。那个时候就是北京城的一处墙角。人在城墙下面掏了个洞，洞不到一人高，人进去猫里头，就跟钻窑洞一样，外头人从那儿钻过去到城里去，城里人从那儿钻出来。要走正门的话，得再往边上绕。1965年前靠着城墙，有大量是人们自己盖的房子，算违章建筑。

邓 郁　用什么盖？

刘 恒　就用城墙砖盖，你们都想不到。好多城墙砖都被拆掉了，有的地方城墙里边黄土全露出来了，他们把下边的砖全扒走，扒了土自己盖小房。

我小的时候在西直门住着，跟城里多近。吃过柳树叶，吃过杨树的毛，吃过野菜的根，吃过护城河里的水草。用铁丝弯了钩拴上绳子，"啪"扔到河里去，拿那钩子把水草钩上来，掺上点玉米面，放在饼铛里。我到现在还记着水草到嘴里的腥味儿，柳树芽子弄完之后的苦，你能想吗？

邓 郁　你讲过十几岁的时候经常目睹农民死亡，都是什么缘故？

刘 恒　"文革"学校停课之后，我就被送到门头沟山村里，待了三年。农村里也有派系之间的斗争，相互伤害。

那时候我一个朋友给我剃头，他奶奶住在边上小厢房里。朋友妹妹端着饭给奶奶送过去,"啪"一声碗摔地上碎了,小孩红着脸出来,说奶奶上吊了。给我剃头的小孩扔了推子就冲进去了,我也就跟着进去。

老太太年纪很大,平时走路都困难,她棺材放在床炕边。她是踩着炕把那个腰带塞在房顶上,自己给吊在上头,按常理她根本爬不上去,爬上去她也站不直,可她就愣把自己给吊死了。

我眼睁睁地看人死掉,完了当场全家人就通知亲戚开始做饭,开始撕白布,弄孝帽、孝带。然后大家抬着棺材,她大儿子拿着一个砂锅装点炉灰渣子,出门的时候"哗"往地上一摔,大家开始哭。

他们抬着棺材到坟地去,要路过玉米地。玉米地刚长了一人多高,棺材就跟浪一样把玉米给压倒了,压过去之后,玉米腰又直起来,印象特别深。过去之后,就在她丈夫坟头边上挖,挖到一半的时候小伙子的镐头偏了,把她丈夫棺材都给打漏了,"咣"一个大黑洞出来。

邓　郁　外祖父的死，为什么那样震撼到你？

刘　恒　主要是他那个状态。他在村子里比较有文化，经常有人向他来请教，包括后来写大字报，别人想控诉谁，就在那屋里说，他就在那儿给人家写。通常都是相互谴责，把抗日战争时候的事儿，祖辈上的事儿，他怎么样坑我了之类的，陈芝麻烂谷子全翻出来，我印象特别深。

外祖父身体不好，肺病。后来一直喘得厉害，要把农村那种方枕头，两三个枕头摞上，把脸贴在枕头上面，盘腿坐在席子上睡觉。能听到他的痰在嗓子里堵着。

我经常看他看着山发呆，说一些挺伤感的话。他对自己的人生不是太满意，因为唯一的儿子是个军人，在从新疆到西藏的路上出车祸死了，他算烈属，他对这事儿始终耿耿于怀。

我小的时候接触的都是这样的细节。那时候特别不理解，比如老太太走了，人就躺在门板上，大家却在边上欢天喜地地吃饭。我的文学作品跟少年时代的记忆有极大的关系。所以我从莫言的小说里能感受到他童年的烙印有多深。他就是在村里长大的，更纯粹，我只是住了那几年而已。

邓　郁　住到胡同，就回到城市了。

刘　恒　我们从西直门搬来的时候，还很少有人在大杂院里盖房子，后来随着孩子长大，不得不盖，因为实在是没有地方住了。

我们刚搬来的时候，跟邻居中间有挺大的一个院子。他们家已经盖了一个小厨房了，我们这边院子比较大，他还主动帮我们盖厨房。而且经常是家里做了什么，我拿到你那儿去吃，你拿到我这儿吃。有人家里装了电话座机，基本上周围邻居共同使用，甚至可以上人家里用卫生间，都不当回事儿。

但后来就越来越不行了，人的想法有变化了。我写张大民和邻居为墙吵架，那就是我自己家的事。四合院里这种磕磕碰碰的特别多。一旦差别出来，为了争夺某种利益，就开始不谦让了。但我还是觉得，邻里相互之间分得比较清楚，才正常。

邓　郁　这些年，你是尝试过一些文学创作，觉得不够理想，还是基本上就不写了？

刘　恒　基本上不写了。人衰老之后，他是全面的衰老，创造力会衰退。我对自己的能力没有青年时代那么自负了，我觉得我的经验够，但我不敢肯定我的理性够不够。这还不是最主要的，最主要的还是支配语言的能力。有的作家是用一套语言用到死，永远是同样的口吻；有的作家会不停地变换语言方式，文风也会发生变化，通常是走下坡路的比较多。这就是语感丧失，搞不好就像挤牙膏一样。而且一旦写小说的话，还讲那些四平八稳的故事，似曾相识的故事，或者是不疼不痒的主题，你写它干什么？毫无意义。

邓　郁　好的文学必须具有攻击性或者说批判性？

刘　恒　是的！攻击性和批判性体现了文学的主体性和人类自我反省的本性。这是人类进步的基石之一，也是追求精神升华的必要手段。当然，首要的是自我攻击和自我批判，向自身的缺点开刀！这取决于我还有没有这个力量。老人的肌肉会流失，毫无办法。年轻的时候，你可能拿文学当匕首，老年了，可以拿它当拐棍。进取心强度降低之后，那个事情本身对你的吸引力也有所降低。

邓　郁　怎么理解你说的"世界观中庸化"？

刘　恒　锋芒会收敛，会高度怀疑自己的观点是否正确。这个时候对跟自己不同的意见，不论是来自左边右边，上面下边，就比原来宽容多了。这种中庸在别人眼里可能会有不同的评价，但我觉得这样对其他人比较公平，对我也是，一切都可以忍受。

邓　郁　也不会有"自己想说话，说不出来"的憋闷？

刘　恒　还是那句话，我对我的局限性有充分的认识，而且我是怀着中庸的态度，等于是饶过自己了。

邓　郁　你的小说《黑的雪》和《虚证》，到今天在网上还陆续有读者阅读和给予好评。怎么看待自己那时的创作？

刘　恒　写《黑的雪》是当时住的院里有一个小伙子是从监狱里放出来的，原本是少年宫的体操运动员，因为偷东西"进去了"。最后给放出来，精神分裂了。那种自卑的状态，在底层挣扎的一个状态，跟我当时自己的情绪也有点关系。现在看，那时对人物的理解和塑造还是有简单化的地方。包括《虚证》也是这样，虽然写得非常顺，也能代表我当时对社会对生活的一些看法，但还是青年人的眼光，要是现在写，我不会写得那么激昂。那小说有好多语言都是自己奔涌出来的，都没费什么事。

邓　郁　你和谢飞导演说过，其实李慧泉的命运也有他性格的因素。谢飞认为你身上还是有很重的宿命感。

刘　恒　当时起《黑的雪》这个名字的时候，实际上就是这么考虑的。你看这雪，如果落在一个平坦的、优美的东西上面，一直到它化掉，它都是洁白的。但如果落在路上被人践踏，就变成黑泥了，就会沦落到那么卑贱的地步。它还是有一些不可知的东西、命运的东西在里面。

邓　郁　前几年你曾经忧虑过资本介入影视行业，导致"电影生命被抽空"的现象。这些年行业生态又有了一些变化，还忧虑吗？

刘　恒　我觉得环境还是比人强，而且环境的变化肯定是整体的变化，这个难以靠人的力量去扭转它。作为在这个环境里生存的植物，只能选择自己咬牙挣扎着生长，旱了你就把根扎得深一些，是吧？涝了你就想办法把叶子弄大一些，光合作用强一些，把它消耗掉。而最有智慧的人或者最幸运的人，总能够找到自己最好的位置。像一些有个性、有创造性的片子，它总会冒出来。但还有片子可能被埋没掉，可能因为没有找到好的演员，或者哪个环节出问题了，从队伍里掉下去，我觉得这都是正常的。

邓 郁　刚才谈及人生经历时，你说到这几十年我们的生活处于一个向上的曲线上，那精神上呢？

刘 恒　就说房子，至少在这二三十年好像成了一个新的度量衡，衡量你的能力和幸福的指数，甚至衡量你孩子的未来是吧？但是很显然，房地产把你的钱吸走了，互联网把你的时间吸走了，操盘手他要获取巨大的利益是吧？这没办法。但是我觉得同时他也让渡给你一些东西，有好多人通过房产获得了财富上升。互联网虽然占有你的时间，也给了你大量的快乐，哪怕即时的快乐，它也是快乐。

所以我觉得沮丧感可能会有，因为被一个强有力的东西在推着，牵拉着，对自己的支配能力越来越弱。社会对人的竞争力增加了一个淘汰的指数。但还是有可为和可不为的。如果你无法用智慧从互联网里获取资源和知识，而只是把做其他更有意义的事情的时间去给了人家（互联网），那你就被淘汰掉。

邓　郁　三年前在香港城市大学作文化讲座时，你提到一个二十出头的大学生跟你说，他长这么大从没体会过孤独，你说自己被吸引了，他吸引你的点在哪里？

刘　恒　我觉得没有孤独感的孩子简直是太幸运了，但或者是他心理素质跟别人不一样，或者是他的表述有问题，他认为的孤独感可能是很特别的，孤独指数不一样。你说他的所有愿望都能满足？所有的想法都会被别人理解？我觉得都不太可能。

邓　郁　适当的孤独感也并非坏事。

刘　恒　看对谁，孤独感在某些人那里会成为动力源，越孤独，越能激起他的斗志。（叹息）但没有孤独感还是好。孤独感多少还是一种伤害。能够挺住孤独感的，只不过是他对这种伤害进行了一种补偿而已，但伤害肯定是伤害。

邓 郁　那对于你，孤独感是成就了你，还是也造成了某种伤害？

刘 恒　不能说孤独感成就了我，只能说它伴随了我。成就了我的主要还是功利心和羞耻心，想让自己活得更体面更实在一些。孤独感对我的伤害有限，对自己伤害最大的还是愚蠢和自以为是。我估计别人也差不多。只有抑郁症患者才是被孤独感害惨了的人。他们失去了对生活甚至对生命的准确算计。我们跟他们相比，精得很呢！

邓 郁　死亡是你作品里几乎恒定的主题，这些年目睹身边的亲友离开，对死亡的态度和年轻时会有怎样的不同了？

刘 恒　对我来说最明显的就是我母亲前年走的时候，我感觉我马上也要到这个关口了。因为我现在快七十岁了，就是再长寿，身体再好，再没有疾病来骚扰你，离最后关门的时间也不远了，那太多的悲伤没有意义。唯一剩下的就是抓紧时间做自己想做的事，对身边的人要更好一些。

邓 郁　你提到一些人会从虚无感里走向宗教。但也许宗教也没办法消除虚无感。

刘 恒　我觉得虚无比恐惧感还稍好一些。对死亡的感受，如果是伴随恐惧的话，可能会比较麻烦。

我相信死亡这个事虽然在有人那里是能够造成恐惧的，但是大部分人可以通过理性，通过经验的磨练，慢慢会很恰当地看这个事儿，不会把它扩大到把自己压垮的地步。但还是有人会始终凝视它。你老盯着它还有完吗？就没完了。

（文章转载自《南方人物周刊》）

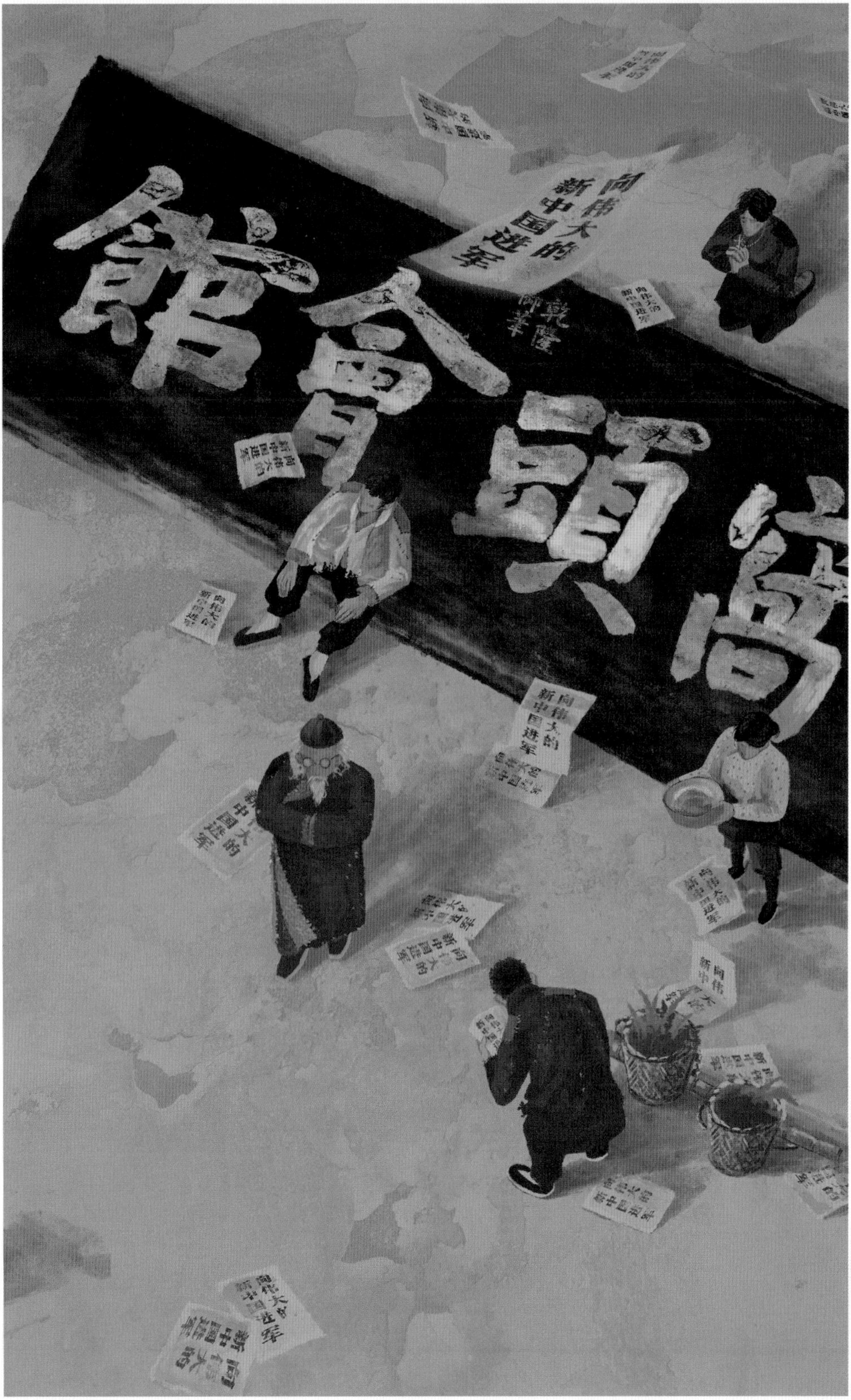

向伟大的新中国进军
乾隆御筆

主创谈

编剧＼艺术总监——刘恒

    想说的话，在会馆里边儿都说了，没什么可啰唆的了。
    硬要我说几句，也只能把说过的老话变着法儿再说一遍，跟新的似的。
    我不说这个戏。我说我最感兴趣的两个词儿，一是欲望，二是资源。人生下来是给死准备的，有多大欲望也拦不住死，但是死再吓人也唬不住欲望。天下最要紧的资源是人，最稀缺的资源却不是人，是财富。钱少人多，弄不好就得打起来，打腻了再坐下来想辙，看能不能分得匀一点儿。所以，人类越来越文明，越来越懂事儿，真好！但是，欲望不灭，资源有限……不定哪天就得打起来，打出脑浆子来。得嘞！西边儿已经打起来了。
    不说了。都是废话。不废的话是感恩。谢张和平先生和林兆华先生及人艺先演诸君！谢龙马社同仁和德云社同道！谢国立大师！谢德刚大才！谢于谦大仙！谢姚怡大美！谢仁义而勤勉的台上台下戏里戏外的各位！咱们是一个屉里的窝头，先紧着蒸口热气出来！有话咱上会馆里说去，上剧场里当着明白人嚷嚷去吧！

主创谈

导演——张国立

我很荣幸得到刘恒兄的信任，作为话剧《窝头会馆》龙马社版本的导演，再一次探索这部经典戏剧。

作为一个从演员转型的导演，我不会用宏大的叙事去讲解剧本，我更倾向于从规定情境中的人物的关系入手，找到角色当下的想法，就是任务。找到角色此时用什么方法去完成他的任务，就是动作。找到可以改变人物关系的事件，事件又重组了新的任务、动作，形成了新的人物关系。事件推动了变化，变化让戏剧行进。

德云社的演员已经在舞台上千锤百炼，但那是捧和逗的关系。我的任务是帮助他们找到自己和角色的链接，帮他们用方法进入剧中人物，以新的人物关系生活在舞台上，和观众做不一样的交流和探索。这个过程对我们来说非常美好。当然，刘恒老师的戏剧文学才是根本，细读剧本让我们深受启迪。我的方法也卓有成效。

《窝头会馆》从围读剧本到彩排，排练时间四十多天，在这个过程中，演员们深刻理解了刘恒先生的剧本，活在人物当中，我感受到了从郭德纲到于谦以及所有演员，他们的喜怒哀乐越来越贴近剧中人物，像是一次完美的蜕变。

每一次在演出前复排，每一场的演出，我都能看到他们对戏、对角色的交流还在继续深入，这部戏的生命力还在向下扎根，向上生长。这是戏剧独有的、非常美妙的过程。

在这个过程中，我发现我是如此热爱戏剧。热爱戏剧是快乐的。与刘恒老师这样优秀的作家合作是一次修行。与郭德纲、于谦合作让我一直处于小心谨慎且兴奋不已的状态。与德云社一群非常优秀的演员合作非常享受。与一群热爱戏剧艺术的创作团队合作更是一种幸福。

郭德纲 饰 苑国钟

一辈子就惦记两样儿好东西
头一个是儿子二个是房子

郭德纲 饰 苑国钟

说实话，我以前很少参与演戏。当别人邀请我拍戏时，我常会提前告诉他们，"找我，你们可能会后悔。"因为无论我戴上帽子、口罩、穿上大衣，在灯光下走动，总会有人认出"郭德纲"。我的辨识度实在太高，这对导演来说无疑是个挑战。演出还没开始，观众就已经认出我来了。

这次的舞台剧不同，我对它真的很感兴趣。我们第一次彩排结束时，包括孩子们和其他演员们，都被深深打动，哭得不行。他们给我发微信，说："师父，您这不是真会演戏吗？"

在舞台剧领域，我们其实并不算陌生。多年来，无论是在相声还是剧场方面，我们都有所尝试。这次能有机会参与这样的舞台剧，我感到非常幸运。张国立导演在人物心理层面的挖掘，让我们在演出时感到格外舒适。他使得生活的多面性在剧中得以展现，甚至让观众暂时忘记了郭德纲这个人。这一点极其重要，否则观众可能会误以为他们是来听相声，而不是来看话剧。

在这么多年的相声生涯中，我从未像排练这部戏时那样出过这么多汗。整个过程非常值得回味。与这些相声演员聚在一起，我们取得了圆满的成果，这归功于每个人的辛勤付出。我特别赞赏张国立导演在这部戏中对每个角色的安排，乃至整个情节的发展。他就像一个画家，精心调配色彩，我们按照他的指导去完成每个画面。

演出这部戏，让我感到非常开心。我饰演的角色是一个卑微而伟大的父亲，他不仅仅是一个普通的苑国钟。他拥有自己的血性和脾气，懂得何时该发作，何时该隐藏。这是一个分量很重的角色，既可怜又可悲，让人心生怜悯。

《窝头会馆》是德云社首次正式演出话剧。无论好坏，欢迎大家前来观看。我希望《窝头会馆》能够一直这样演下去。

一声箫吹落天下梧桐叶，两阵风刮散檐前铁马柔。药不治假病，酒不解愁。我与儿孙做马牛。九曲回肠终有够，窝头会馆看窝头。

于谦 饰 古月宗

　　当德云社决定排练这样一部戏时，我内心感到了不小的压力。人们常说，艺术的出身有所区别，艺术本身也带有其独特的特点和神秘性。虽然艺术无贵贱，出身也不能一概而论，但它毕竟具有某种艺术门类的特质。作为一名相声演员，这次初次踏上话剧这一殿堂级艺术的舞台，我的心情既忐忑又充满敬畏。

　　国立老师曾给我打电话，我们聊了这部戏。他对戏剧的看法和阐述，更坚定了我对这部戏的信念。通过这次合作，我对国立老师的敬意也增加了许多。关于戏剧的基调，以及相声演员如何演绎这部剧，我们在排练前与国立老师进行了深入的沟通。我们大家都在朝着一个共同的目标努力。我觉得这个基调定得非常准确。

　　成熟的剧本、优秀的导演、专业的制作团队，以及一群专心致志、精诚合作的演员。这个过程虽辛苦，但充满快乐，我们获得的是精准而全面的收获。作为一群相声演员，能够在这次话剧的排练和演出中向导演和其他方面学习，对我们来说是一个宝贵的机会。我们不仅可以提升自己的专业素养，还能向观众展示一个全新的面貌。

　　这也是郭老师能够摆脱相声演员标签的机会之一。郭老师的这个标签实在太深入人心，很多粉丝一见到他就会想笑。但在这次的表演中，他几乎完全变了一个样，摆脱得非常成功。

　　我认为孩子们表现得也都很棒，都尽力融入这个戏，努力刻画人物，用尽全力向大家展示这部剧。剧组的每个人、每个角色经过导演的细致分析、深入阐述和精心指导，都树立起来了。

　　同时，他们也感觉到，在排练和演出过程中，自己的艺术素养有了很大的提升。能加入这个剧组，对我来说是非常荣幸的事情。

　　我可以自豪地说："这次的经历，绝对不虚此行！"

于明加 饰 田翠兰

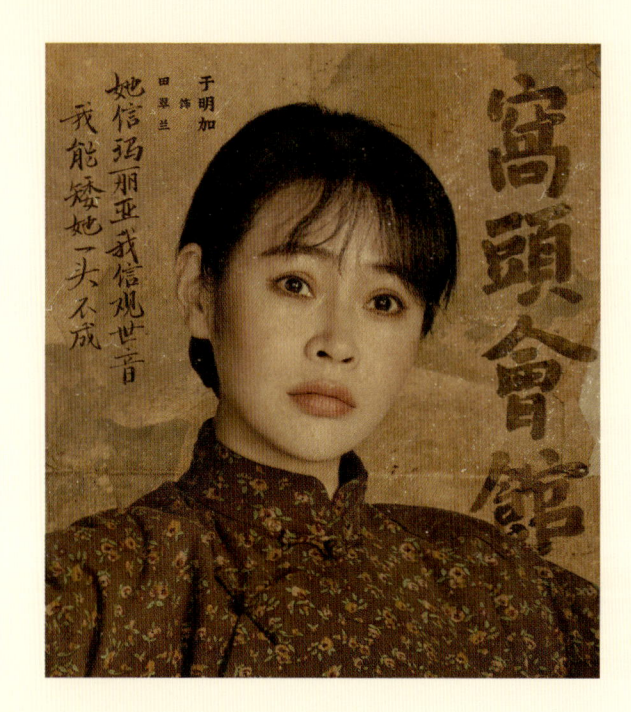

她信玛利亚 我信观世音
我能矮她一头不成

在决定排练这样一部戏时，我感到压力特别大，心中不断自问："我能行吗？"从形象和状态上，我自己并不是特别适合这个角色。宋丹丹老师之前的演绎已经达到了极高的水平，而这个角色的戏路也并非我擅长的。国立老师对我说："演员最大的幸福不就是能挑战与你完全不同的角色吗？总是演顺手的角色，那又有什么乐趣？"他的话让我下定决心去试试。

有段时间我每天都陷入焦虑之中。这个角色，是我演过的最具探索性的角色。以往在剧院我更多是演青衣类型的角色，都是含蓄内敛的演出，从未尝试过像这次这样张扬的花旦角色。而且这个角色要求我展现出泼辣的一面，这在舞台上对我来说是第一次。我需要把自己完全放出来去找到这个角色。从加入这个剧组开始，我就一直对自己的表现缺乏自信。后来导演告诉我："于明加，你永远要记住，大幕拉开的那一刻，才是角色建立的开始。"我记得在后台的时候，我就一直在思考他的这句话。这个角色实在太不适合我了。但当你真正进入角色，你就不会再拘泥于细节，不会再去想前面的演员演得多好，而是要有自己的东西。那一刻，我突然找到了角色的感觉。这是一个循序渐进的过程。

国立老师在排这部大戏之前，他对每个角色都进行了深入的揣摩。排练时，我看到了导演张国立，指挥所有演员，解析每个角色，并教导他们如何演绎，使角色得以完美呈现。

好的戏剧作品都通过描绘人性和当下的事件冲突，来映射任何时代的你我他，给观众带来冲击和思考。感谢剧作家刘恒老师带来如此震撼的剧作，能遇到这样的剧本，是我的幸运！感激国立导演，将这样重要的角色托付于我，让我从青衣跃至泼辣旦角，这其中的信任和专业上的帮助与指导，让我受益匪浅。也要感谢郭德纲、于谦两位前辈，以及德云社的众多优秀青年演员们。他们让我看到，演员在舞台上突破自我，结合个人魅力进行表达的重要性。

与龙马社全体人员及这样优秀的团队共同完成这样一部伟大的创作，就像剧中那一院子邻居一样，我们在顽强抗争命运的同时，也给彼此带来了一道温暖的阳光。表演永无止境，我们永不止步！

栾云平 饰 肖启山

在剧中，我饰演的是五十八岁的肖启山这一角色。从年龄到台词量，对于我这个第一次站上话剧舞台的演员来说，都是巨大的挑战。起初，我对演绎一个五十多岁的角色，还要应对大量台词，感到有些抵触，甚至想过让别人来替代这个角色。但在国立老师的鼓励和多次排练后，我逐渐找到了人物的感觉，并重新找回了自信。

幸亏有张国立老师的细致指导和对角色的深刻分析，我在排练过程中逐步找到了剧中角色的定位。国立老师不仅是一位非常懂戏的老师，也可以说是我的导师。能够站在话剧舞台上呈现艺术作品，对我来说曾经是遥不可及的梦想，因为不论是从人物塑造还是台词表达方面，都是对一个演员实力的考验。这也是我一开始接到这个任务时，内心充满不自信的原因。

这次话剧的演出对我来说是一个非常宝贵的学习机会。我也希望大家能够走进剧场，去亲身感受《窝头会馆》中的喜怒哀乐，体验这个作品带来的情感冲击。

苏晔 饰 金穆蓉

　　我刚接到这个角色时，有些懵。当时我在想，这是我所知道的那个《窝头会馆》吗？圈内外的人都认为这部戏已经达到了殿堂级的高度。

　　我的角色金慕容，实际上是一个落魄的大格格。她内心较真又稍显矫情，还有点拧巴。她本有一份端庄，但随着在窝头会馆生活的时间越来越长，不免受到会馆众人习俗的影响，慢慢变得有些拧巴。戏中她对很多人都看不顺眼，但实际上这是她在与自己的内心抗争。她对自己的处境感到愤怒，明明是个格格，却不得不在这个地方与普通人共同生活。在内心深处，她并不是一个坏人。

　　这次能与国立老师合作，我感到非常荣幸。他不仅是我的偶像，而且在表演方面给了我很多学习和启发。

　　在排练过程中，我们都在慢慢沉淀，深入思考这个角色。就像学习一样，有时会遇到瓶颈，但暂时放下后再回头看，往往会有新的改变和领悟。

　　我感到非常幸运，能参与到这部剧中，从导演和各位老师那里学到了许多不一样的东西。舞台艺术的奇妙之处在于，你必须亲临现场，与我们演员一起参与，一起感受当下。与我们共呼吸，共成长，共进步。

窝头会馆

侯震 饰 王立本

　　我之前从未接触过话剧，这次《窝头会馆》是我的初次尝试。我觉得这像是为我们开启了一个全新的领域。

　　我饰演的王立本，是一个老实本分、寡言少语的人。虽然他话不多，但他的内心却十分清楚自己的处境。

　　第一次读这部剧的剧本时，我被剧中人物的苦难深深触动。这些人物都生活在新中国成立前的艰难岁月中，他们为了生存不得不忍受生活的磨难，以及民国政府的剥削和压迫。

　　对我来说，话剧表演既陌生又神圣，就像一座高不可攀的山峰。从排练到最终走上话剧舞台，对我们所有人来说都是一次跨越高山的挑战。

　　在这一个多月的时间里，在导演的指导下，我们从山脚一步步攀登到了山顶。我内心非常激动，感到了一种成就感，但同时也觉得自己像个刚入学的小学生，需要学习的东西实在太多。现在我们站在这座最低的山头上，未来还会继续攀登更高的山峰。

　　我希望大家都能关注《窝头会馆》，你们会在剧中感受到一个与你们心中完全不同的我们，一个全新的《窝头会馆》。

曹鹤阳 饰 周玉浦

张国立导演说过，一部优秀的作品之所以能够经久不衰，关键在于它的文学性。《窝头会馆》在编剧刘恒老师的笔下，每个角色都栩栩如生，这让我对戏剧文学有了全新的理解。在国立导演的指导下，我更深入地理解了整个故事的脉络，以及每个角色在宏大时代背景下的顽强生存。通过排练，我们在导演的启发和全体演员的合作下，逐步将剧本中的文字转化为鲜活的人物形象。这个过程对我来说既充满激动，也感到非常幸运。

能够一开始就参与到《窝头会馆》这样的经典剧目中，对我而言是巨大的压力。像我一样，大多数德云社的演员都是第一次参加话剧演出，这个体验对我们来说既宝贵又新颖。随着排练的深入，我感到话剧这门艺术非常复杂。我们每个演员，包括我自己，在准备这个话剧的过程中都经历了巨大的变化。

我们在接收剧本时发现，剧中人物与我们自身在生活中有许多相似之处。但当真正建立起角色后，每个演员的表演都变得更加深入和投入。观众的反馈显示，尽管我们的外观变化可能不大，但我们的表现给他们带来了巨大的惊喜。

在话剧中，演员之间的配合和人物形象的建立至关重要。看到郭老师和于老师在导演的指导下全情投入，去适应和塑造自己的角色，这给了我很大的信心。

《窝头会馆》一定会让观众感受到话剧的独特魅力和深厚的文学底蕴。我非常感激能够参与这样一部作品，并期待与大家在剧场见面。

张九龄 饰 苑江淼

在《窝头会馆》中，我饰演的角色是房东的儿子苑江淼，一个身体虚弱但心中坚持自己人生和政治理想的有文化青年。因为和"父亲"的冲突，这并不是一个讨喜的角色，这个角色的真正价值需要观众自己去发现。

对我而言，第一次出演话剧比我预想的要难得多。相声和话剧是完全不同的艺术形式，这让整个过程既有趣又枯燥。每天重复演练同样的三幕戏，但当我真正投入到演出中时，我发现这其实是一件非常有趣的事情。

我非常感激能够遇到像张国立这样优秀的导师和导演。在导演的指导下，我更深入地理解了苑江淼这个角色，感受到了话剧的难度和魅力。苑江淼身患重病，却肩负着重大的使命，在与其他角色的复杂而深刻的关系中展现出他的坚强，我感受到了这个角色的矛盾性和复杂性。

德云社的演员们以前都是以搞笑的形象出现的，但在话剧中，我们都放下了这些形象。排练过程中，我发现很多师兄弟都有着严肃的一面。虽然一开始排练时有些跳戏，但随着时间的推进，我们都能更紧密地融入剧情。与我的搭档王九龙的合作也非常有趣，我们之间虽然没有对手戏，但每次相遇都充满张力。

这部戏演完后，我感到非常满足，尤其是听到观众的掌声。虽然在排练过程中经历了各种困难，但最终能够上台演出的感觉证明了一切努力都是值得的。在这个过程中，我不仅学到了很多，还体验到了很多，不断地调整自己。

我希望大家能多多支持我们，《窝头会馆》是我最喜爱的戏剧作品之一，我为能参与其中感到非常荣幸。

杨九郎 饰 肖鹏达

在《窝头会馆》中，我扮演的是保长的儿子肖鹏达，一个从小缺乏关爱的纨绔子弟。在排练过程中，我被话剧舞台的魅力深深吸引。从导演的不懈讲解，到演员们的相互激励，再到主创团队的辛勤工作，这一切让每个角色和每句台词都栩栩如生。我们每天都在努力排练，哪怕排练结束后吃宵夜，讨论的话题也总离不开戏。

我认为，不同的艺术形式是互相补充的，相声和话剧就是如此。在戏剧舞台上，演绎人物比演出本身更为重要。每个观众对角色都有自己的理解和感触，我们的任务就是将人物生动地呈现出来。当我得知要参与《窝头会馆》时，我感到非常激动，因为我之前曾经看过这部剧的现场演出。我渴望深入了解我所扮演的角色肖鹏达，探究他的内心世界和人际关系。

《窝头会馆》是我最喜欢的戏剧作品之一，与其说是戏剧作品，我更乐意首先把它视为一部文学作品。刘恒先生援笔立就地让北京话的幽默、智慧、含蓄、动听，浇灌在了"会馆"的每一个角落。我饰演的是肖鹏达一角，这人却与这所会馆以及周遭有缘无分，就像在戏中他对他单恋的恋人周子萍的感情一样。他总在以语言表面的不堪去面对他内心渴望追求、挽留的父爱、友爱和情爱。在排练的四十三天里，都在被感染着对于话剧舞台陌生的我，从导演诲人不倦地讲解，到演员师长们在台上的相互激发、台下我们各抒己见，再到主创团队的辛勤付出，这一切才让每一个角色和每一字台词都有血有肉，让烟火气在我们的"小院"蔓延、滋长。感谢《窝头会馆》选择了我，感谢肖鹏达选择了我，感谢我的幸运。希望大家来看戏，都来。

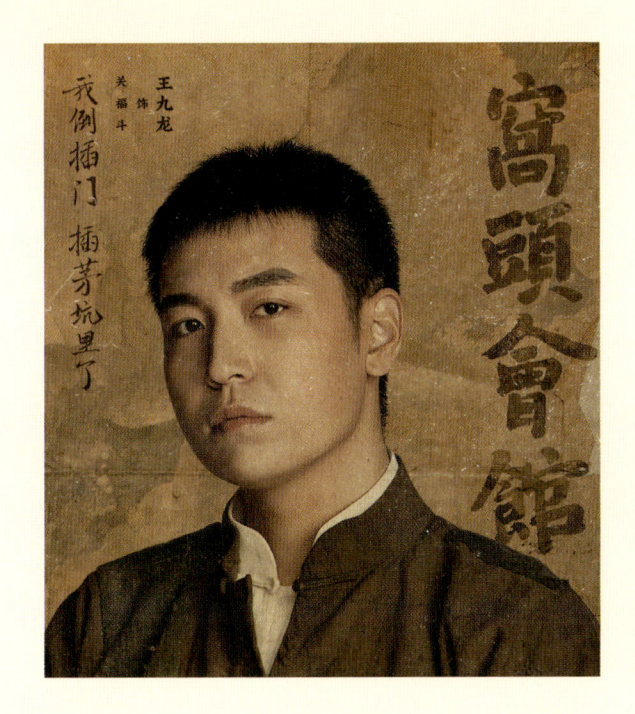

《窝头会馆》对我来说是人生中非常重要的一次尝试。当我刚接到这个戏的通知时，我既感到激动又有些紧张，因为这无疑是我职业生涯中的一次跨界挑战。能够参与到这样一部立意深远、角色丰富鲜明的优秀剧作中，我感到非常荣幸。参与《窝头会馆》的过程对我而言是充满压力的，总担心自己演不好。

在排练过程中，于谦老师总是在观察我们的表演。他通常会在二楼静静地观看，不会立即发表意见，而是等到排练结束后再提出宝贵的建议。即便是在私下里，包括吃饭的时候，于谦老师和郭德纲师父也会给予我们指导，帮助我们进步。

张国立导演在排练中对每一个细节都亲自进行指导，从台词到人物性格，他的每一次教导都使我不敢有丝毫的懈怠。在他的指导下，我逐渐摸索出了我饰演的关福斗的性格特点和内心活动，渐渐融入了角色。

我希望无论是关福斗还是王九龙，都能在这部剧中给观众带来惊喜和全新的体验。

杨鹤通 饰 牛大粪

在我刚开始参与《窝头会馆》的时候，并没有意识到我所饰演的角色牛大粪有多么重要。我以为他的台词只是用来交代时间背景和情境。

但在导演的指导下，我逐渐发现，牛大粪这个角色其实远不止表面那么简单。他拥有自己真实的情感，与窝头会馆的每个人都有着密切的联系，包括一些微妙的人物关系。

从剧本围读到彩排，我们每天都在不断地学习、体验和调整。在国立导演的启发下，我更深入地思考和体会牛大粪这个角色在每一幕中的心理变化以及与其他角色的关系。我渐渐发现了牛大粪这个角色的深度和丰富性，这是一个非常棒的体验。我越是深入这个角色，就越觉得需要付出更多的努力。每个演职人员的细致工作都在促进我的成长。

对于观众的期待，我们自己也同样充满期待，因为这对我们来说都是第一次。我们进行了连续的排练、对词，每一次彩排都非常重视。

我不能说我们做得有多好，但我们每个人都在认真地努力。我们希望大家能多关注我们参演的话剧《窝头会馆》，这对我们来说是最幸运的事情。

张龄尹 饰 周子萍

　　能够遇到好剧本，对于演员来说是一种幸运。我非常感谢刘恒老师给我们带来这样一部精彩的剧作。剧中的每个鲜活人物和每句充满文学性的对白，都在滋养着我、感动着我。

　　从围读剧本到彩排，四十多天的排练时间对我来说既难忘又美妙。我感激能与《窝头会馆》以及周子萍这个角色相遇。这是一部充满爱和诚意的作品，也是一个全新的《窝头会馆》！

侯雨晴 饰 王秀芸

　　遇到了这样一部美妙的作品，能够参与其中我感到无比的荣幸。

　　当我得知要饰演王秀芸这一角色时，我的内心既激动又紧张，同时充满了期待和一丝胆怯。我给秀芸这个角色塑造了一个外傻内也不太精，但有些事内心里明镜似的的金牛座形象。

　　我非常感激《窝头会馆》给了我这样一个站在巨人肩膀上学习的机会。这样的幸运让我心存感激，我会努力在这些巨人的肩膀上再垫高一个脚尖！

出品人　姚怡

　　做话剧，能有机会把刘恒老师的《窝头会馆》搬上人艺之外的舞台，是个巨大的挑战，想了三年怎么做。

　　刘恒老师的剧本太好了，语言带着老北京特有的幽默，人物身上透着不向命运低头的生命力。

　　国立导演就是为舞台而生的，他有天生的同理心，把几十年的生活阅历和表演经验用精准的语言、亲和的方式传授给大家，把一台好戏呈现了出来。

　　在郭德纲、于谦身上看到了天才的感受力和智慧，在德云社师兄弟们身上看到了东方传统文化中的师徒传承和集体主义精神，大爱德云社。

　　于明加因为这个戏和疫情，两个月不能回到上海陪伴两个孩子，这对一个母亲是怎样的煎熬，感谢她为我们塑造了一个全新的田翠兰。

　　制作团队克服重重不可能完成的任务，保证了合成和演出。

　　四十多天的排练太快乐，只是日子过得太匆匆，盼着"窝头"一次次上桌。

　　人生如戏，有开场，也有落幕，让我们都保留住开场和落幕时的心情，放下诸多精神重负，尽情感受丰盛的人间生活。

　　向北京人艺致敬，向北京人艺版《窝头会馆》的前辈们塑造的经典致敬学习。

　　向保利文化、保利剧院管理有限公司一起奋斗的同伴致敬，你们对舞台的热忱，在市场中坚持职业操作的精神，是对文化事业的巨大贡献和付出。

　　向话剧界的同行们致敬，没有对舞台和观众的尊重和热爱，相信我们都不能坚持至今。

　　舞台永无止境，祝愿同在路上的龙马社、德云社和保利小伙伴们，继续为舞台贡献才华和努力，尽微薄之力。

出品人　郭文鹏

窝头会馆会窝头，同向人间各自愁。
良药须从人血引，古木封棺寥落秋。
永夜寒霜寒夜永，旧梦误醒梦无救。
星火既燃东方白，微躯此外更何求。

好作品常演常新，保利剧院公司很荣幸能参与到刘恒老师的经典再现，与老朋友龙马社联袂出品，将《窝头会馆》搬上保利剧院院线的舞台。

感谢国立导演，感谢郭德纲、于谦、于明加老师，感谢德云社、龙马社、保利的各位同仁。预祝《窝头会馆》在保利剧院院线演出顺利！也祝福我们合作长久，精品迭现！

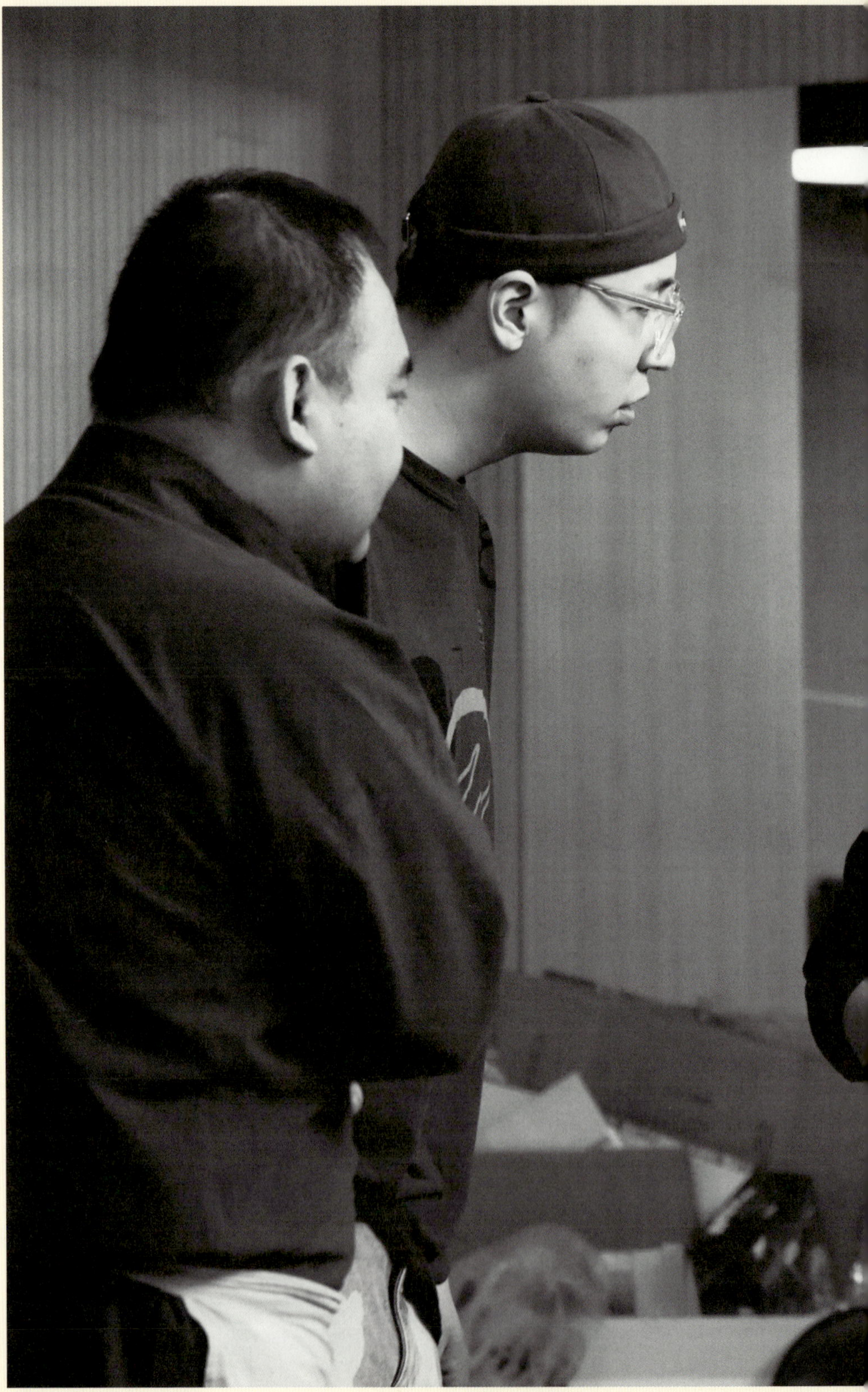

排练照

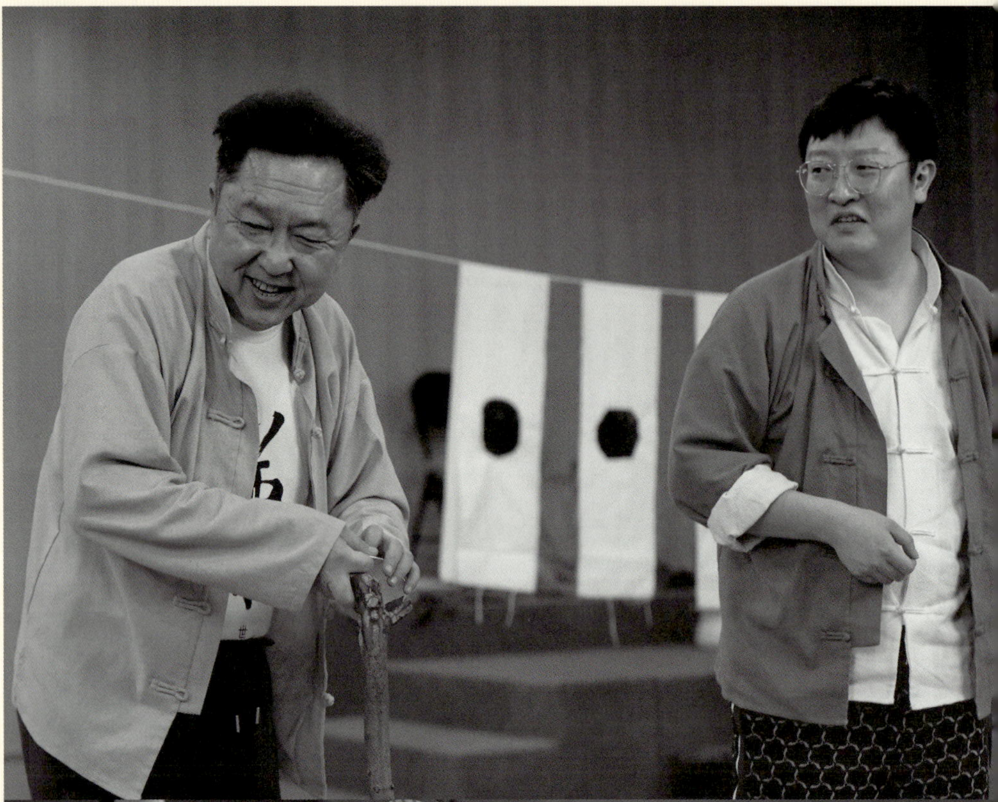

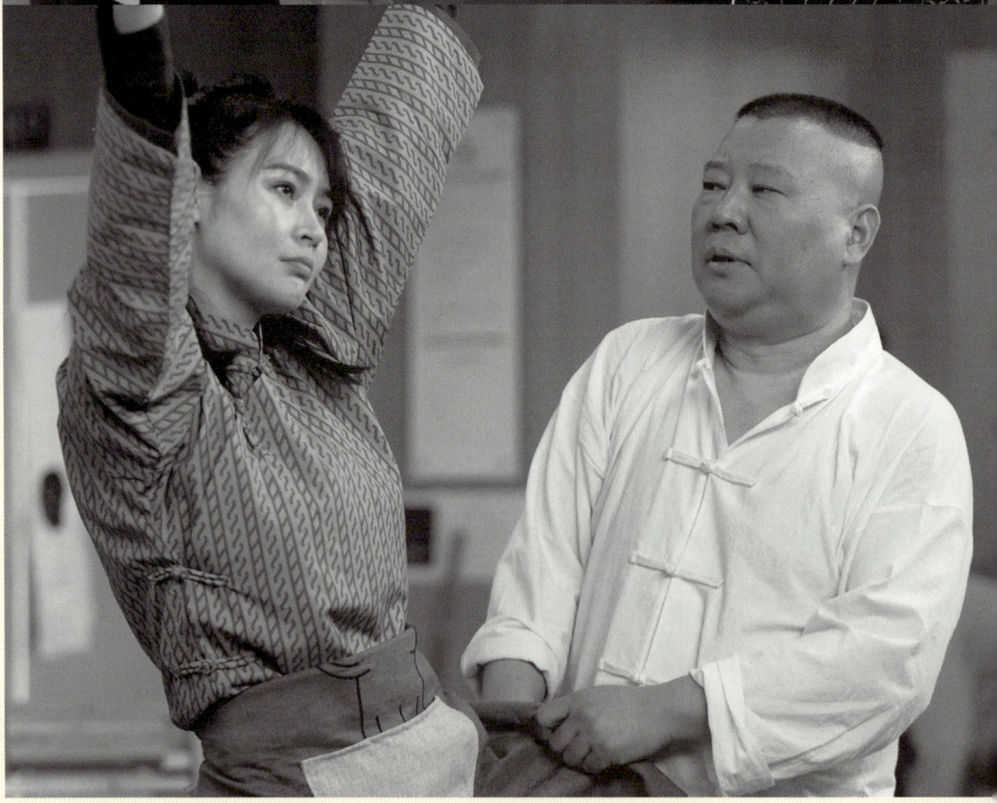

排练照

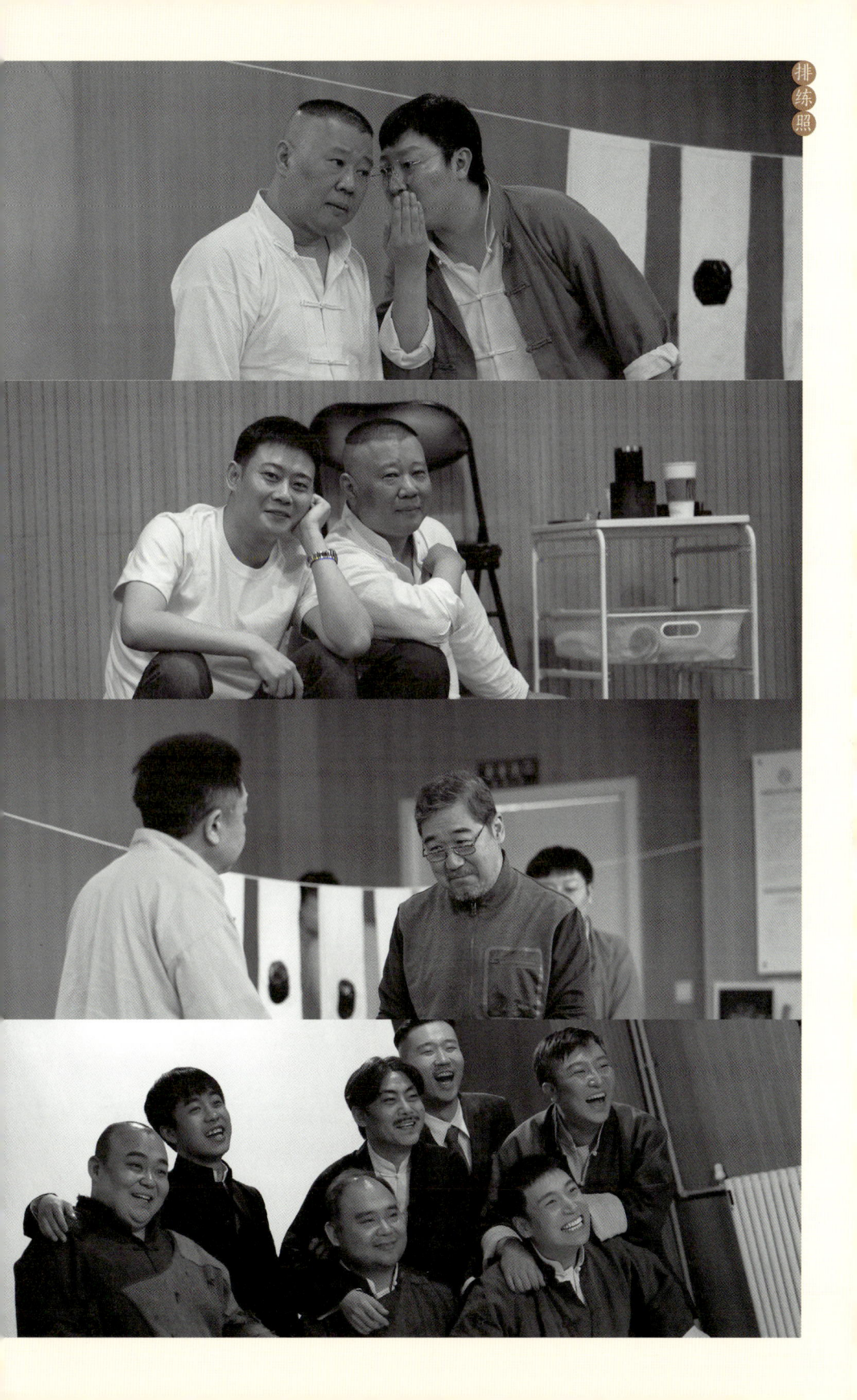

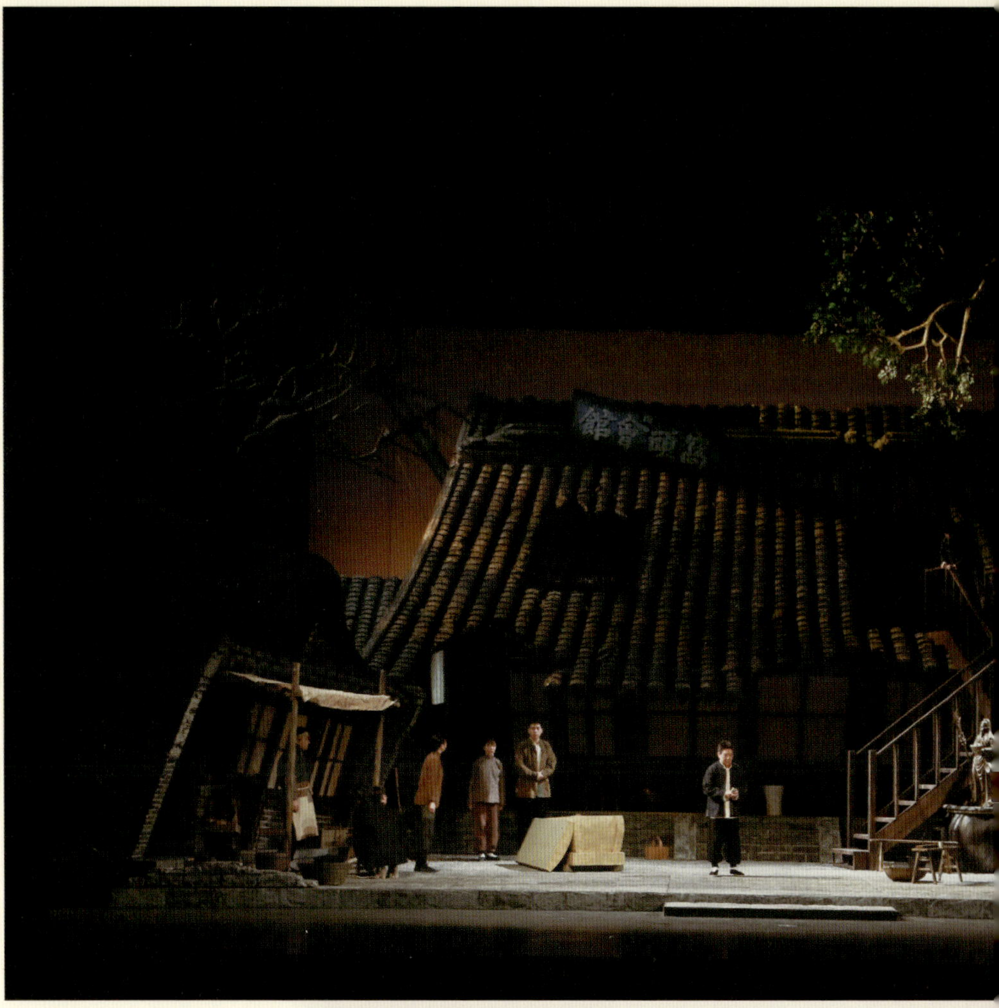

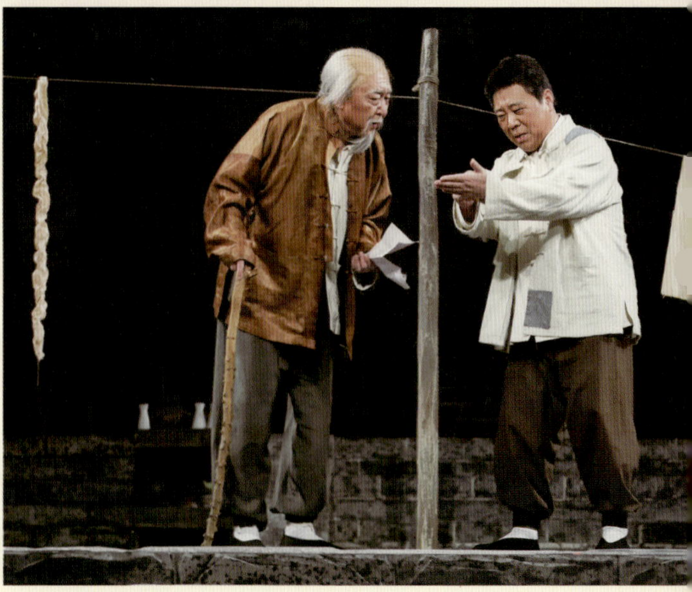

剧照

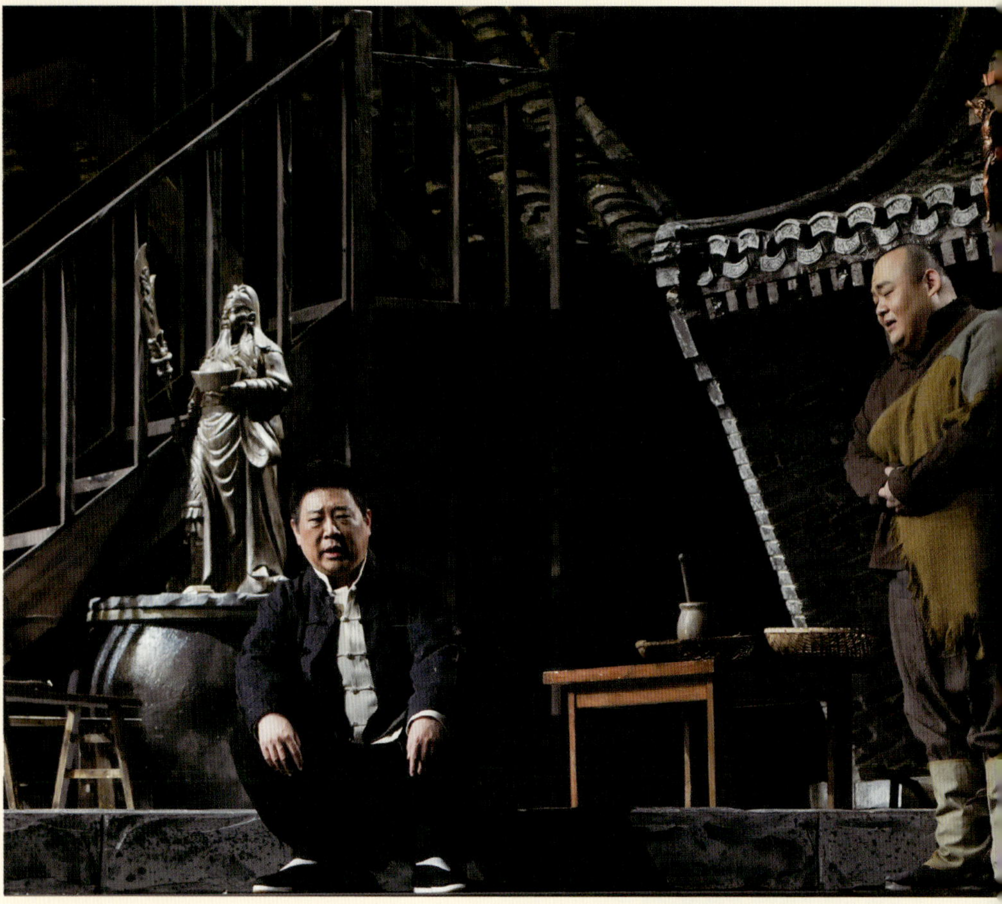

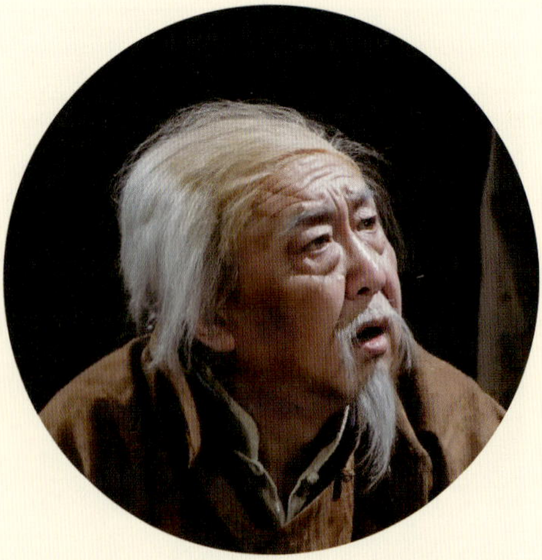

剧照

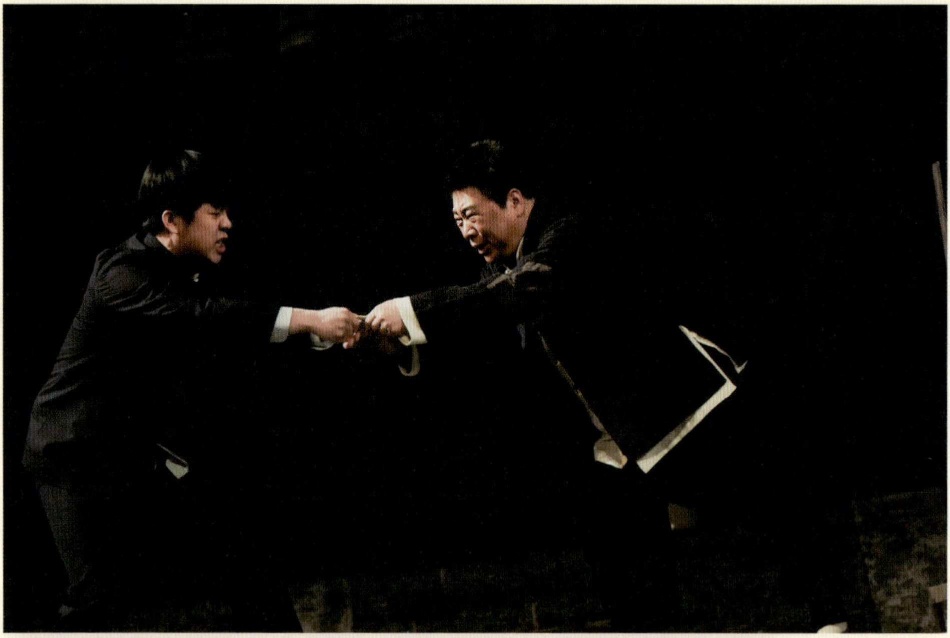

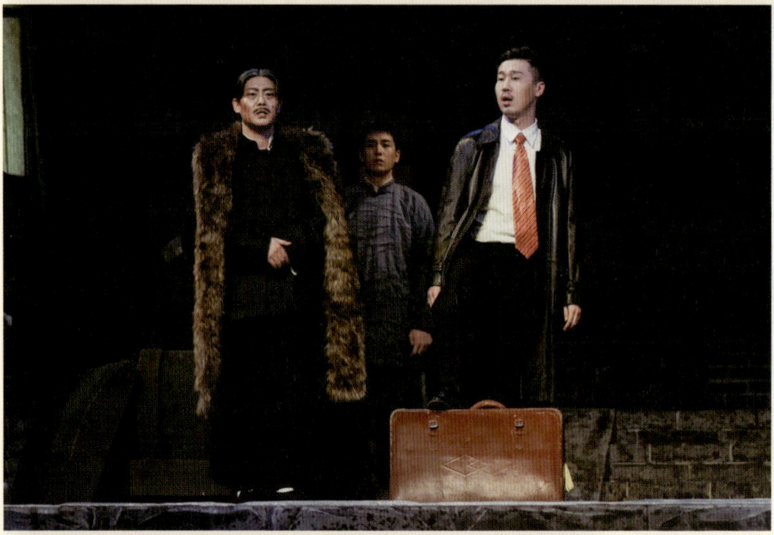

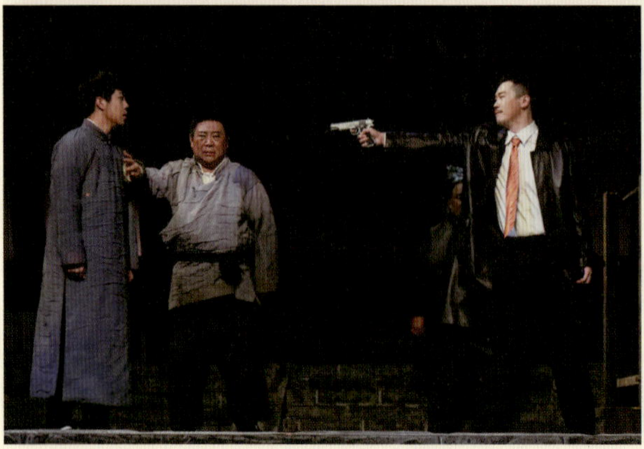

剧照

编剧 / 艺术总监：刘恒
导演：张国立

领衔主演：
郭德纲　于　谦　于明加　栾云平

主演：
侯　震　曹鹤阳　张九龄　杨九郎　王九龙
杨鹤通　苏　晔　张龄尹　侯雨晴

· 主创名单

出品人：姚　怡　郭文鹏　姚　睿
制作人：房　洁　张朝慧　王　海
监　制：郑玉冰　彭漪微
统　筹：黄乃焱　张煜鹏

设计团队

舞美设计：毛砚
灯光设计：温晓楠
服装造型设计：李月
作曲：辛觉
音响设计：王子春
海报设计：孟洋洋
道具设计：饶梦瑶、李雪妮
道具制作技术顾问：陈凤燕

执行团队

助理导演：石良业
执行制作：宋洪宇 姚力心
制作经理：马泽雯
舞台监督：张媛媛 姜岩研
执行舞台监督：李俊俊 杨吉佶
舞监助理：王嘉琪 蒋未
灯光控台：周元
音效音乐播控：刘烨霖
舞台音响技术：丁盼
话筒控制及系统管理：梅予也
音响助理：罗乾坤
服装化妆：李婵 陈泽燕 况玉婷 安源

宣传团队

宣传策划： 崔爽 王珍
视频剪辑： 豆粒
定妆照拍摄： 小满映像 达生 X 徐克峰
平面设计： 李颖
排练花絮记录： 海淀阑尾 蔡园
衍生品制作： 张瀚文、宋燕飞
视频内容支持： 北京曜石文化传播有限公司
视频拍摄团队： KEY VISION 药师视觉
剧照拍摄： 塔苏（北京站）王犁（上海站）秦彩斌（上海站）

联合出品制作

北京龙马社文化传播有限公司
北京保利剧院管理有限公司

龙马社出品制作，德云社主演话剧《窝头会馆》

《窝头会馆》大事记

日期	事项
2022 年 2 月 11 日	建组，北京·我宅
2022 年 2 月 16 日	第一次剧本围读，北京·吉州会馆
2022 年 2 月 18 日 – 3 月 20 日	排练，北京剧目排练
2022 年 3 月 28 日 – 4 月 1 日	剧场合成，北京保利剧院
2022 年 8 月 3 日 – 7 日	首演，北京保利剧院
2022 年 8 月 10 日 – 14 日	天津大剧院
2023 年 8 月 30 日 – 9 月 3 日	上海文化广场
2023 年 12 月 13 日 – 12 月 17 日	深圳 坪山大剧院
2024 年 10 月 23 日 – 10 月 27 日	北京天桥艺术中心